CB012652

BIOGRAFIAS — MEMÓRIAS — DIÁRIOS — CONFISSÕES
ROMANCE — CONTO — NOVELA — FOLCLORE
POESIA — HISTÓRIA

1. MINHA FORMAÇÃO — Joaquim Nabuco
2. WERTHER (Romance) — Goethe
3. O INGÊNUO — Voltaire
4. A PRINCESA DE BABILÔNIA — Voltaire
5. PAIS E FILHOS — Ivan Turgueniev
6. A VOZ DOS SINOS — Charles Dickens
7. ZADIG OU O DESTINO (História Oriental) — Voltaire
8. CÂNDIDO OU O OTIMISMO — Voltaire
9. OS FRUTOS DA TERRA — Knut Hamsun
10. FOME — Knut Hamsun
11. PAN — Knut Hamsun
12. UM VAGABUNDO TOCA EM SURDINA — Knut Hamsun
13. VITÓRIA — Knut Hamsun
14. A RAINHA DE SABÁ — Knut Hamsun
15. O BANQUETE — Mario de Andrade
16. CONTOS E NOVELAS — Voltaire

VITÓRIA

Vol. 13

Capa
Cláudio Martins

Traços biográficos e introdução de
Erwin Theodor

EDITORA ITATIAIA
BELO HORIZONTE
Rua São Geraldo, 53 — Floresta — Cep. 30150-070
Tel.: 3212-4600 — Fax: 3224-5151
e-mail: vilaricaeditora@uol.com.br
Home page: www.villarica.com.br

Knut Hamsun

VITÓRIA

EDITORA ITATIAIA
Belo Horizonte

2005

Direitos de Propriedade Literária adquiridos pela
EDITORA ITATIAIA
Belo Horizonte

Impresso no Brasil
Printed in Brazil

ÍNDICE

Traços Biográficos	9
Capítulo I	18
Capítulo II	27
Capítulo III	37
Capítulo IV	46
Capítulo V	55
Capítulo VI	61
Capítulo VII	65
Capítulo VIII	70
Capítulo IX	84
Capítulo X	92
Capítulo XI	95
Capítulo XII	103
Capítulo XIII	107

TRAÇOS BIOGRÁFICOS

KNUT HAMSUN (nome real Knut Pedersen), nasceu no Vale de Gudbrando na Noruega, em 4 de agosto de 1859.

O pai era alfaiate e camponês de reduzidos meios, vivendo a família em condições de quase penúria por ocasião do nascimento de Knut. Quando este já completara 3 anos de idade, a família transferiu-se a uma propriedade chamada Hamsund, próxima a Hamaröy no norte da Noruega, onde viviam alguns parentes. O cenário e o ambiente dessa região cheia de contrastes viriam ter magna importância no desenvolvimento do caráter do menino. A pesada e longa escuridão hibernal, apenas poucas vezes penetrada por alguma réstia de luz, cede repentinamente lugar à ofuscante claridade estival, que se esquece da noite. A paisagem toda oferece aspectos de surpreendente claro-escuro e de contraste que marcaram principalmente as primeiras obras do autor. Os pais, que depositavam grandes esperanças nessa "nova existência", continuaram, porém bastante pobres.

No verão, Knut devia levar o gado ao pasto, atividade de que mais tarde se lembraria com agrado. Deitado na relva, a observar paisagem e animais, seus pensamentos vagavam, imaginando, quiçá, os primeiros poemas. Nunca esqueceu esses dias da infância, que mais tarde assim descreveu: "Tento afastar-me o mais possível da vida e dos homens modernos; deixo minha memória transportar-me àqueles dias da infância, nos quais cuidava do rebanho. Foi então que despertou em mim o sentimento da natureza, se é que o possuo..." Mas esses dias encontraram rápido e abrupto fim quando, aos nove anos de idade, se viu requi-

sitado por um tio abastado que precisava de um auxiliar na escrita de suas propriedades. Esse tio, morador de Hamröy, será mais tarde retratado pelo sobrinho como um verdadeiro sádico, a regozijar-se em maltratar o pobre menino, força-do, durante cinco anos, a residir em sua casa. Eram os anos de crescimento, e o caráter do futuro escritor se formava, adquirindo matizes contrastantes, tais como a própria paisagem em que se encontrava. Durante toda a vida demonstrou Knut Hamsun ser facilmente impressionável, ter sensibilidade aguda e, assim mesmo, dispor de força natural, sentido prático e por vezes, de teimosia e franqueza temíveis.

Aos quatorze anos, quando a lei lhe facultava a escolha de trabalho, empregou-se na maior loja de Hamaröy, mas sua permanência foi de brevíssima duração, pois a firma abriu falência, passando Knut, a exercer empregos os mais diversos e a experimentar as mais variadas profissões. Pretendendo conhecer bem o país natal, mudava continuamente o local de residência, tendo, em certa época, sido mascate e, depois, aprendiz de sapateiro. Mas já então eram as letras a única coisa a atraí-lo fortemente. Em Bodö, onde trabalhava com um sapateiro, escreveu a primeira narrativa, o muito ingênuo conto O enigmático, com o subtítulo: "Um conto do amor do Norte". Conseguiu vê-lo editado em 1877, sem que, entretanto, obtivesse qualquer êxito. Já então se havia tornado professor primário, apesar de lhe faltar uma sistemática formação escolar e, pela primeira vez, pôde preocupar-se com problemas de estilo e de forma. Havia lido trabalhos de Björnson, cuja influência sentiu profundamente, vindo a expressá-la em seu segundo conto, "Björger". Também esta produção literária não encontrou melhor recepção, mas já indiciava bons progressos. Nesta segunda modificou seu nome acrescentando-lhe o da propriedade arrendada pelos pais: Hamsund.

Em Cristiânia, atravessou talvez um dos mais difíceis momentos de sua vida. De vez em quando conseguia publicar um poema ou um artigo em jornal ou revista, mas a fome, o frio, a penúria o martirizaram física e espiritualmente.

Após essa fase adversa mudou para Toten, no suleste do país, e resolveu ganhar a vida como calceteiro. Durante dois anos manteve-se afastado de quaisquer atividades culturais, mas em seguida decidiu-se a proferir conferências, que evidentemente não pôde ver coroadas de êxito, pois quem acorreria a palestras literárias num município de operários e humildes lavradores? Apercebeu-se, com nitidez cada vez maior, de que a situação cultural da Noruega não lhe permitiria desenvolver-se dentro dos limites ambicionados e, assim, partiu para os Estados Unidos, levando uma carta de recomendação do seu estimado "mestre", Björnson, que pouco antes retornara daquele continente, e ainda quatrocentas coroas, produto de uma coleta entre pessoas que depositavam fé no seu futuro literário. Partiu no inverno de 1882. A carta de Björnson era dirigida a Rasmus B. Anderson, professor da Universidade de Madson (Wisconsin), mas de nada lhe valeu, pois a primeira coisa que Hamsun ficou sabendo pela boca de Anderson foi que "nos Estados Unidos cada um é o responsável por seu próprio destino", e que, portanto, não deveria contar com ajuda, "no interesse próprio".

Assim, teve de procurar trabalho na agricultura, e durante alguns meses colaborou na colheita em diversas fazendas norte-americanas. Também ali travou conhecimento com pessoas que demonstraram depositar fé nesse moço, extraordinário, tão versátil e inteligente, apesar de modesto e simples. Um professor de Elroy ministrou-lhe aulas gratuitas de inglês, e quando Hamsun teve de partir, ainda lhe emprestou quarenta dólares, então soma considerável.

O momento mais emocionante do jovem autor norueguês em terras de Tio Sam chegou, porém, quando foi apresentado a Mark Twain, a quem há muito admirava e a respeito do qual iria escrever no futuro alguns ensaios, provando extraordinário "insight" e percepção artística. Não lhe foi dado, contudo, permanecer durante muito tempo nos

Estados Unidos, pois Knut adoeceu gravemente e o médico declarou tratar-se de "tuberculose galopante". Quando soube disso, juntou Hamsun os últimos centavos para voltar à Noruega, pois desejava morrer em terra pátria! Felizmente bastou um ano para o total restabelecimento, e durante este período viveu em Aurdal, em Valdres, um dos mais aprazíveis vales noruegueses, onde travou uma amizade que se estenderia pela vida fora, com Erik Frydenlund.

Já vimos que havia mudado seu nome Knut Pedersen Hamsund, mas em 1885 foi publicado em Cristiânia um ensaio seu acerca de Mark Twain; uma "gralha" de tipógrafo causou a queda da consoante final do último nome e o "Hamsun", assim formado, agradou sobremaneira ao escritor. Nunca mais se utilizaria de outro nome! Mais uma vez tentou ganhar a vida em Cristiânia como escritor, mas a maior parte dos seus trabalhos lhe era restituída. Não acreditou poder realizar-se como escritor na Noruega e, no outono daquele mesmo ano, Frydenlund recebeu um cartão postal: "Caro amigo: parto novamente para Nova York, aqui na pátria a vida não é possível... Teu Knut H".

Sua segunda permanência nos Estados Unidos estendeu-se por dois anos, mas também não foi coroada de melhor êxito do que a primeira. Em Chicago principiou como calceteiro, mas depois conseguiu um posto de condutor de bonde (muito disputado na época), percebendo o salário de US$ 1.75 diários, uma fortuna para ele. Além disso, e a bem da verdade, é preciso relembrar que Hamsun deve aos Estados Unidos não só o ter recobrado inteiramente as forças, ainda debilitadas pela recente doença e a miserável vida passada em Cristiânia, mas também a coleta de material precioso, que durante muito anos utilizaria para seus dramas e romances.

Logo, porém, decidiu voltar, e então estabeleceu-se em Copenhague (na época a capital cultural da Escandinávia), ali escrevendo os primeiros esboços do livro "Sult" (Fome).

Com esta obra causou verdadeira sensação! A personagem principal é um indivíduo, cuja existência física e espiritual é completamente solapada pela fome. São as próprias experiências de Cristiânia, e é neste livro que o original e celebrizado estilo de Hamsun — nervoso, cheio de imaginação muitas vezes exagerado e, apesar disso, delicado — se manifesta pela primeira vez (1890). Um ano antes o autor havia dado a público um ensaio acerca da Vida espiritual da América moderna, ataque espirituoso contra a existência social e cultural nos Estados Unidos. Também esse volume havia encontrado acolhida entusiástica.

Daí por diante podia Hamsun dar-se "ao luxo" de levar uma vida exclusivamente dedicada às letras. Em 1892, publicou "Mysterier" (Mistério), espelhando o ser multíplice e os interesses variados do autor. Em paixão desenfreada, são ali reveladas todas as características, que nas obras seguintes se conjugam em harmonia e formas vigorosas. Preocupava-se, na época, com a filosofia de Nietzsche, haurindo dela a confirmação da sua oposição a muitos dos processos políticos e culturais, aplicados não só em sua pátria, mas em todo mundo. A situação vigente, a apoiar tais processos, seria atacada em dois dos seus romances dessa época: "Readkör Lynge" (O Redator Lynge) e "Ny Jord" (Seara Nova.) De 1893 a 1896 fixou residência em Paris, e ali escreveu uma das suas obras mais belas "Pan" (Pan), a composição suave e enlevada acerca do amor do tenente Glahn e de Eduarda no "dia ininterrupto do verão setentrional". Começou a tornar-se célebre. Algumas obras suas já haviam sido traduzidas para o alemão, o russo, o inglês, o francês e o holandês. Especialmente na Rússia foi muito bem compreendido e festejado.

Os anos de 1895 a 1898 foram dedicados ao drama. Apareceram então: "Ved Rigets Port" (Na Soleira do Rico), 1895, primeira parte de uma trilogia, seguida por "Livets Spil" (O Jogo da Vida), 1896 e "Aftenröde" (Crepúsculo),

1898. Neste ano foi ainda publicado um romance, que entusiasmaria os admiradores do autor. Trata-se de Vitória, com o subtítulo: "A história de um amor. O livro da orgulhosa castelã Victoria e de Johannes, filho de moleiro". Vitória é uma confissão. Gira em torno de um jovem inventor, filho de gente humilde, cujo complexo de inferioridade social não parece superável. Aqui sabe Hamsun, talvez mais do que em outros romances, representar acontecimentos espirituais, provenientes da fraqueza, da lealdade e da ilusão humanas. Tornou-se seu romance mais popular, tendo sido filmado na Alemanha onde, ainda em 1955, recebeu adaptação ao teatro por Richard Billinger. Hamsun casou, ainda no ano da publicação de Vitória, com uma jovem norueguesa, de nome Bergljot Göpfert; e uma bolsa de estudos que recebeu, permitiu ao casal a realização de uma viagem a Helsinki. No ano seguinte outra viagem: desta vez pela Rússia e o Cáucaso, até a Pérsia e a Turquia. O que viu, viveu, sentiu e sonhou nessas viagens, descreveu-o o autor em "Aeventyrlandet" (No país das aventuras), 1903 e também no drama "Dronning Tâmara" (Rainha Tâmara), do mesmo ano.

Mas não foi feliz no casamento. Mesmo depois do nascimento de uma filha (por sinal chamada Vitória, pelos pais) não acharam os esposos a harmonia necessária, decidindo divorciar-se no ano de 1906. Naquela época, Hamsun havia publicado por ano de dois a três livros, mas muitas vezes se tratava de manuscritos, há muito prontos para a impressão. Em 1904 saiu publicada a coletânea "Den vilde Kor" (O coro eterno) e o romance alegre e romântico "Svaermere" (O Sonhador). Com "Den vilde Kor" avançou Knut Hamsun repentinamente para a primeira linha dos líricos noruegueses, enquanto "Svaermere" confirmou mais uma vez suas qualidades de narrador superior, transformando os desvarios e sacrifícios do pobre telegrafista sonhador em uma verdadeira profissão de fé romântica.

Essa época constitui, por assim dizer, o fim de uma fase. Até então, podemos dizer que nos livros transmitia aos leitores a sua alegria existencial. Era verdadeiro representante da juventude à qual, durante toda a vida, devotou o maior carinho. Mas, repentinamente apercebeu-se de sua idade, principiou a sentir que envelhecia. Já antigira a meia-idade e Hamsun havia deixado atrás de si a paisagem, representada por Olaf Bull na expressão "das imortais montanhas de seus anos juvenis". Para Hamsun tratava-se agora de uma das fases mais difíceis, tanto para o homem, quanto para o artista, e em "Under Höststjernen" (Sob Astros Outonais), 1907, *já não se identificava com o herói da obra, mas mantinha-se à parte, como resignado espectador. Em 1909, contudo, decidiu recomeçar a vida, antes de ela tomar o "rumo descendente" que tanto temia. Casou-se com uma moça, vinte e três anos mais nova que ele,Marie Andersen, atriz do Teatro Nacional de Cristiânia, bela, inteligente e possuidora de notável inclinação artística. Pouco antes, mas já influenciado por aquela que viria a ser sua esposa, escrevera "Benoni" e "Rosa" (1908), estabelecendo-se, logo depois do casamento em Sollien, pequena comunidade da parte leste da Noruega. Hamsun já havia adquirido fama mundial; as traduções de suas obras tornavam-se sempre mais numerosas, e crescia constantemente o número de leitores a aprofundar-se em seus escritos, especialmente na Rússia. Nas Universidades servia como assunto para teses de doutoramento. Oficiais e estudantes lhe escreviam, solicitando autógrafos. Princesas russas com ambições literárias lhe enviavam cartas de amor, adornadas de coroas as mais diversas, e escritas em inglês, alemão ou russo. Os teatros de São Petersburgo e Moscou representavam com grande êxito as suas peças e Hamsun escrevia em Sollien o que viria a ser seu último drama: "Livet i vold"* (Levado Pelo Diabo), 1910, uma tragicomédia. Em 1911 comprou a propriedade Skogheim, em Hamaröy, não muito distante de Hamsund. Ali, dedicou-se novamente ao cultivo do solo e de então data o seu entusiasmo e verdadeiro culto da terra, vital para todas as suas obras futuras, especialmente "Markens Gröde" (Bênção da Terra). Durante seis anos habitou essa propriedade, e ali escreveu "Börn av Tiden" (Crianças de seu Tempo), 1913 e "Segelfoss By" (Cidade Segelfoss), 1915. Durante a primeira guerra mundial, as simpatias de Hamsun estavam do lado das potências centrais (Alemanha e Áustria-Hungria), pois desde os dias dos pangermanistas Björnson e Ibsen, os escritores noruegueses mantinham, em geral, atitude pronunciadamente germanófila.

Hamsun, revolucionário com concepções aristocráticas, não via com bons olhos a mentalidade despertada pela guerra em sua pátria. A escapatória que havia imaginado para fugir à confusão, causada por essa mentalidade, indicou-a no já mencionado romance "Markens Gröde" (1917), que em 1920 lhe valeu o Prêmio Nobel de literatura, sendo um hino de louvor ao trabalho abençoado do homem na terra. É o poema épico de Isak, o camponês que lavra terra árida, conquistando-a, tornando-a fértil e assim recuperando para o homem grandes porções de solo. Em 1920 publicou "Konerne ved Vandposten" (Mulheres na Fonte), livro de fácil e agradável leitura, mas quase desprovido de problemática. "Siste Kapitel" (O Último Capítulo), 1923, aborda principalmente os problemas da velhice e da morte. O autor estava atravessando fase de aguda depressão e teve, em 1926, de viver durante vários meses em Oslo para, ali, submeter-se a tratamento neurológico. Seu estado geral principiou, em seguida, a revelar melhoras, e já em 1927 escreveu outro dos mais célebres de seus contos, "Landstrykere" (Um Vagabundo Toca em Surdina). Aqui, como nos dois romances seguintes, "August" (1930) e "Men Livet lever" (Depois de Passada a Vida), a personagem principal é o

*sonhador August. Nesses anos, Hamsun trabalhava total-
mente isolado, em uma cabana, que havia construído para
o trabalho, não muito longe da casa, na sua propriedade
em Nörholm. Era a "casa do poeta", em que não permitia
a entrada de ninguém, mesmo que ele próprio estivesse
ausente. Mas agora trabalhava com menos intensidade. Em
1936 publica "Ringen sluttet"* (O Anel se Fecha), *a história de Abel Brodersen, que tencionava continuar em outros
livros, os quais, porém, não chegaram a ser escritos. Tinha
77 anos de idade, ouvia mal, mas de resto gozava de excelente saúde. Continuava a interessar-se pela agricultura e
pouco aparecia em público. Quando sobreveio a segunda
guerra mundial, considerou-a uma conseqüência dos pe-
cados do passado, mas continuou acreditando em um futuro promissor para a sua Noruega, se a Alemanha, pela qual
nutria profundas simpatias, fosse vitoriosa. Depois da guerra foi preso como "colaboracionista" e ficou alguns meses
em um asilo para a velhice. Em seguida foi enviado a uma
clínica psiquiátrica, pois as autoridades desejavam provar
a sua demência. O que então sucedeu, e o que Hermann
Pongs chama de "flagrante demonstração da superiorida-
de espiritual de Hamsun e uma ridicularização de seus
juízes, com excelente senso de humor", narra o idoso escritor na última de suas obras "Pa gjengrodde stier" (Em
Caminhos já fechados), um diário do Asilo e da Clínica
Psiquiátrica. Trata-se de quadros de suave sensibilidade,
de trechos de arguta observação, de reminiscências sempre
entrecortadas por relatos a respeito de sua existência mo-
mentânea, assim como sobre a vida em derredor.*

*Os juízes nada puderam provar, além de uma quase to-
tal surdez, e de visão já enfraquecida (o escritor tinha então 90 anos!, e tiveram de restituir-lhe a liberdade, de que
usufruiu até falecer, em 19 de fevereiro de 1952.*

Julho de 1961

Erwin Theodor

CAPÍTULO I

O filho do Moleiro caminhava pensativo. Era um rapagão de quatorze anos, tostado pelo sol e pelo vento e cheio de toda espécie de idéias.

Quando crescesse iria trabalhar numa fábrica de fósforos. Era tão divertido e perigoso; poderia ficar com os dedos cobertos de enxofre e ninguém se atreveria a apertar-lhe a mão. Seus companheiros pensariam muito nele em virtude de sua lúrida profissão.

Circunvagou o olhar pelo bosque à procura de seus pássaros. Pois conhecia todos eles, sabia onde eram os seus ninhos, compreendia seus gritos e tinha diferentes chamados para responder-lhes. Mais de uma vez dera-lhes bolos feitos com farinha do moinho de seu pai.

Todas aquelas árvores ao longo do caminho eram boas amigas suas. Na primavera puxava-lhes a entrecasca e no inverno era um pouco pai delas, libertando-as da neve e ajudando-as a sustentarem seus ramos. E até mesmo lá na abandonada pedreira de granito não havia uma pedra que lhe fosse estranha, talhara letras e sinais nelas e pusera-as de pé, dispondo-as como uma congregação ao redor do seu pároco. Naquela velha pedreira de granito acontecia toda espécie de coisas estranhas.

Voltou-se e desceu para o açude do moinho, que estava funcionando; um imenso e pesado rumor envolveu-o. Tinha o hábito de perambular por ali, conversando em voz alta consigo mesmo. Cada gota de espuma parecia ter uma pequena vida sobre a qual se podia falar e logo depois da comporta a água caía reta e parecia um brilhante lençol esticado para secar. No lago, abaixo da queda, havia peixes; muitas vezes se postara ali, com o seu caniço.

Quando crescesse, seria mergulhador. Era isso. Então se atiraria no mar, do convés de um navio, e penetraria nos estranhos reinos e regiões onde grandes e maravilhosas florestas oscilavam continuamente e um castelo de coral repousava no fundo. E a Princesa lhe acenaria de uma janela, dizendo: "Entre!"

Ouviu então o seu nome; seu pai achava-se atrás dele e gritava: "Johannes!"

— Chegou um recado para você, do Castelo. É para levar as crianças à ilha, de barco!

Ele partiu apressado. Um novo e grande favor fora concedido ao filho do Moleiro.

"A Mansão" parecia um pequeno castelo na paisagem verde, na verdade era como um palácio estupendo em sua solitude. A casa era construída de madeira e pintada de branco, com muitas janelas de sacada nas paredes e no telhado, e uma bandeira drapejava na torre redonda quando havia visitas. O povo chamava-a Castelo. Fora de suas terras ficava de um lado a baía e de outro as grandes florestas; longe, viam-se algumas pequenas fazendas.

Johannes apareceu no desembarcadouro e pôs a meninada no bote. Conhecia-as de há muito; eram as crianças do "Castelo" e seus amigos da cidade. Estavam todos com botas altas, para a vadeação; mas Vitória, que trazia apenas seus sapatinhos e, além disso, não contava mais de dez anos, teve de ser carregada para a praia quando chegaram à ilha.

— Posso carregá-la? perguntou Johannes.

— Deixe que eu carrego! disse Otto, o cavalheiro da cidade, quase com idade suficiente para deixar a escola, e tomou-a em seus braços.

Johannes ficou parado, olhando enquanto ela era carregada para a terra e ouviu seus agradecimentos. Então Otto olhou para trás:

— Bem, você toma conta do bote... como é o nome dele?

— Johannes, respondeu Vitória. — Sim, ele tomará conta do bote.

Ele ficou para trás. Os outros rumaram para dentro da ilha, levando cestas a fim de apanharem ovos. Permaneceu pensativo por um instante; teria gostado de ir com os outros e eles poderiam ter puxado o bote para a praia. Pesado demais? Não era tão pesado assim. Agarrou o barco e puxou-o um pouco.

Os risos e a tagarelice da criançada tornavam-se cada vez mais indistintos. Bem, paciência por essa vez. Mas teria gostado de ir com eles. Poderia levá-los aos ninhos que conhecia, maravilhosos buracos escondidos na rocha, onde viviam aves de rapina com penachos no bico. E uma vez vira um arminho.

Empurrou o bote e começou a remar para o outro lado da ilha. Havia remado um bom pedaço quando lhe gritaram:

— Volte. Você está assustando os pássaros.

— Eu apenas queria mostrar onde vive o arminho, respondeu insinuantemente. Esperou um momento.

— E depois podíamos queimar o ninho da cobra. Tenho alguns fósforos.

Não obteve resposta. Virou o bote e remou de volta para o ponto de desembarque. Puxou o barco para cima.

Quando crescesse compraria uma ilha do Sultão e proibiria a quem quer que fosse que se aproximasse dela. Uma canhoneira guardaria suas praias. Excelência, viriam dizer-lhe os escravos, há um barco encalhado no recife; bateu nas pedras, os jovens que se acham nele morrerão. Que morram! responderia. Excelência, estão pedindo socorro; ainda podemos salvá-los e há uma mulher de branco entre eles. Salvem-nos! ordena com voz de trovão. Encontra então, de novo, as crianças do Castelo, após muitos anos, e Vitória se atira a seus pés e lhe agradece por havê-la salvo. Não tem nada que agradecer-me, cumpri apenas meu dever, responde ele; andem livremente, por onde quiserem, dentro dos meus domínios. E então manda abrir de par em par as portas do palácio à companhia e banqueteia-os em pratos de ouro e trezentas escravas negras cantam e dançam a noite inteira. Mas quando chega a hora de as crianças do Castelo partirem, Vitória não pode ir. Atira-se no pó, diante dele, e soluça porque o ama. Deixe-me ficar aqui, não me mande embora, Excelência, deixe-me ser uma de suas escravas...

Ele começa a caminhar rapidamente através da ilha, tenso de emoção. Muito bem, salvará as crianças do Castelo. Quem sabe, talvez se tenham perdido? Talvez Vitória tenha ficado presa entre duas rochas e não possa sair? Bastar-lhe-ia apenas estender o braço e libertá-la.

Mas as crianças encararam-no espantadas quando ele chegou. Havia abandonado o bote?

— Considero-o responsável pelo bote, disse Otto.

— Posso mostrar-lhes onde tem umas amoras silvestres? sugeriu Johannes.

Silêncio no grupo. Vitória foi em seu socorro.

— Sim? Onde é?

Mas o cavalheiro da cidade afastou a tentação e disse:

— Não nos podemos preocupar com isso, agora. Johannes retrucou:

— Também sei onde podemos encontrar mexilhões.

Novo silêncio.

— Há pérolas neles? perguntou Otto.

— Imagine se houvesse! tornou Vitória.

Johannes replicou que não, que nada sabia sobre isso; mas que os mexilhões ficavam bastante longe, na areia branca; teriam de tomar o bote e mergulhar para apanhá-los.

Isto acabou com a idéia e Otto observou:

— Sim, você parece um mergulhador, não parece? Johannes começou a respirar com esforço.

— Se quiserem, posso subir lá naquelas rochas e fazer rolar uma grande pedra até o mar, disse ele.

— Para quê?

— Para nada. Mas vocês podiam ver.

A proposta não foi aceita e Johannes prendeu a língua e sentiu-se envergonhado. Então saiu à procura de ovos, bastante longe dos outros, noutra parte da ilha.

Quando o grupo inteiro se reuniu de novo junto do bote, Johannes tinha mais ovos que os demais; levava-os cuidadosamente no seu gorro.

— Como é que você encontrou tantos? perguntou Otto.

— Eu sei onde estão os ninhos, respondeu Johannes sentindo-se feliz. — Agora vou juntá-los com os seus, Vitória.

— Pare! gritou Otto. — Para que está fazendo isso?

Todos olharam para ele Otto apontou o gorro e disse:

— Como é que vou saber se esse gorro está limpo?

Johannes nada disse. Sua felicidade desvaneceu-se abruptamente. Começou então a caminhar novamente para a ilha, levando os ovos consigo.

— Que há com ele? Para onde está indo? Inquiriu Otto com impaciência.

— Aonde é que você vai, Johannes? gritou Vitória correndo atrás dele.

Ele parou e respondeu serenamente:

— Vou pôr os ovos novamente nos ninhos. Ficaram por um momento parados, olhando um para o outro.

— E depois vou à pedreira esta tarde, disse ele.

Ela não respondeu.

— E então vou mostrar-lhe a caverna.

— Oh, mas eu tenho tanto medo, respondeu ela.

— Você disse que é tão escura.

Johannes sorriu a despeito de sua grande mágoa e disse corajosamente:

— Sim, mas eu estarei com você.

Durante toda a sua vida brincara na velha pedreira de granito. Pessoas tinham-no ouvido trabalhar e exibir-se ali, embora estivesse completamente só; às vezes ele era um padre e oficiava uma missa.

O lugar fora abandonado havia muito tempo, o musgo crescia nas pedras e as marcas das perfurações e explosões estavam quase apagadas. Mas o filho do Moleiro havia limpado o interior da gruta secreta, adornando-a muito engenhosamente, e ali morava ele, chefe do mais bravo bando de ladrões do mundo.

Toca uma campainha de prata. Um homúnculo, um anão com um broche de diamante no gorro, entra de um salto. É o seu servo. Curva-se até o chão. Quando a Princesa Vitória chegar, faça-a entrar! diz Johannes em voz alta. O anão curva-se de novo até o chão e desaparece. Johannes estende-se confortavelmente no macio divã e pensa. Conduzi-la-ia até uma cadeira e lhe ofereceria iguarias custosas em pratos de ouro e de prata; um fogo crepitante iluminaria a gruta; atrás da pesada cortina de brocado dourado, nos fundos da caverna, seu leito seria preparado e doze cavalheiros permaneceriam de guarda...

Johannes levantou-se, esgueirou-se para fora da caverna e escutou. Havia um farfalhar de galhos e folhas no caminho.

— Vitória! chamou.

— Sim, veio a resposta.

Foi ao encontro dela.

— Mal me atrevo, disse a menina.

Ele sacudiu os ombros e retrucou:

— Eu estava lá agora mesmo. Acabei de sair.

Entraram na gruta. Ele indicou-lhe uma pedra, para sentar-se, e disse:

— Esta é a pedra em que o gigante se sentava.

— Ui, pare, não diga! Você não ficou com medo?

— Não.

— Bem, mas você disse que ele só tinha um olho; então devia ser um duende.

Johannes pensou um instante.

— Ele tinha dois olhos, mas era cego de um. Foi ele mesmo quem disse.

— Que mais disse ele? Não, não me diga!

— Perguntou-me se eu o serviria.

— Oh, mas você disse que não, não é? Que coisa horrível!

— Bem, eu não disse que não. Não disse claramente.

— Você está louco? Quer ser trancado dentro da montanha?

— Bem, não sei. As coisas aqui na terra também são bastante más.

Pausa.

— Desde que chegaram esses garotos da cidade você passa o tempo todo com eles, disse.

Outra pausa.

Johannes continuou:

— Mas eu tenho mais força do que qualquer um deles para tirar você do bote e carregá-la. Tenho certeza de que sou bastante forte para ficar segurando você durante uma hora inteira. Olhe só.

Tomou-a nos braços e levantou-a. Ela agarrou-se ao seu pescoço.

— Chega, não me segure mais.

Ele a pôs no chão. Ela disse:

— Sim, mas Otto também é forte. E já brigou com homens grandes, também.

Johannes perguntou, duvidando:

— Homens grandes?

— Sim, brigou sim. Na cidade.

Pausa. Johannes estava pensando.

— Muito bem, isto é o fim de tudo, disse ele.

Já sei o que vou fazer.

— Que é que você vai fazer?

— Vou servir o gigante.

— Oh, mas você está louco, está ouvindo? Gritou Vitória.

— Está bem, pouco me importa.

Vou fazer isso. Vitória estava pensando numa saída.

— Sim, mas talvez ele não volte mais.

Johannes respondeu:

— Ele virá.

— Aqui? perguntou ela, rápida.

— Sim.

Vitória levantou-se e fez menção de encaminhar-se para a entrada.

— Venha, é melhor sairmos daqui.

— Não há motivo para pressa, tornou Johannes que havia empalidecido. — Ele só virá depois do anoitecer. À meia-noite.

Vitória sentiu-se tranqüilizada e ia sentar-se de novo. Mas Johannes não achava fácil aplacar a sensação misteriosa que ele próprio tinha evocado, a caverna estava-se tornando demasiado perigosa para ele e disse:

— Se você realmente quer sair, tenho uma pedra lá fora com o seu nome gravado nela. Vou mostrá-la a você.

Esgueiraram-se para fora da caverna e encontraram a pedra. Vitória sentiu-se orgulhosa e feliz. Johannes comoveu-se, poderia ter chorado, e disse:

— Quando você olhar para essa pedra deve lembrar-se de mim, às vezes, quando eu tiver partido. Dedique-me um bom pensamento.

— Claro, respondeu Vitória. — Mas você voltará, não é?

— Oh, só Deus sabe. Não, não creio que voltarei.

Puseram-se a caminhar em direção à casa. Johannes estava prestes a chorar.

— Bem, adeus, disse Vitória.

— Não, posso ir com você até mais adiante.

Mas a crueldade com que ela se mostrara tão pronta em dizer-lhe adeus havia-o amargurado, despertara a ira em seu coração ferido. Parou abruptamente e disse com justa indignação:

— Mas vou dizer-lhe uma coisa, Vitória, você não encontrará ninguém que venha a ser tão bom para você quanto eu seria.

— Bem, mas Otto também é bom, objetou ela.

— Muito bem, fique com ele.

Deram alguns passos em silêncio.

— Vou divertir-me esplendidamente. Não tenha receio. Você não faz a menor idéia de quais serão as minhas recompensas.

— Não. O que serão elas?

— Metade do reino. Esta será a primeira coisa. — Imagine... Você vai ganhar isso?

— E depois vou ganhar a Princesa.

Vitória parou, interdita.

— Isto não é verdade, é?

— Sim, é, retrucou ele.

Pausa. Vitória observou, ausente:

— Como será ela?

— Oh, é mais bela do que qualquer outra criatura da Terra. E isto nós já sabíamos.

Vitória estava vencida.

— Então você ficará com ela? perguntou.

— Sim, tornou ele, as coisas chegarão a esse ponto. Mas como Vitória estava realmente impressionada, acrescentou:

— Mas talvez eu volte algum dia. Posso vir à Terra para fazer de novo uma viagem.

— Sim, mas então não a traga com você, pediu ela. — Por que a traria com você?

— Não, posso vir sozinho, creio eu.

— Promete-me?

— Oh, sim, posso prometer isso. Mas que lhe importa? Não posso esperar que você se incomode com isso.

— Não deve dizer isso, ouviu? respondeu Vitória. — Tenho certeza de que ela não gosta de você tanto quanto eu.

Um raio de êxtase eletrizou seu jovem coração. Ele poderia ter mergulhado na terra, de alegria e acanhamento ante as palavras dela. Não se atreveu a fitá-la, olhou para outra direção. Então apanhou um galho do chão, tirou-lhe a casca e golpeou a própria mão com ele. Finalmente começou a assobiar, embaraçado.

26

— Bem, tenho que ir andando para casa, disse ele.

— Então adeus, respondeu ela estendendo-lhe a mão.

CAPÍTULO II

O filho do Moleiro partiu. Permaneceu fora durante muito tempo, foi à escola e aprendeu muitas coisas, cresceu, tornou-se grande e forte, um buço espessou-lhe o lábio superior. A cidade era tão longe, a viagem de ida e volta custava tanto que o econômico Moleiro deixou o filho ficar na Capital, inverno e verão, durante muitos anos. Ele estudava o tempo todo.

Mas agora tornara-se homem; tinha dezoito ou vinte anos.

Então, uma tarde, na primavera, desceu do vapor. A bandeira esvoaçava no Castelo, em homenagem ao filho que também viera passar as férias em casa, pelo mesmo barco; fora enviada uma carruagem, ao cais, para buscá-lo. Johannes cumprimentou com um aceno de cabeça o Senhor e a Senhora do Castelo e Vitória. Como Vitória estava grande e alta! Ela não retribuiu o seu cumprimento.

Ele tornou a tirar o chapéu e ouviu-a perguntar ao irmão:

— Olhe, Ditlef, quem é aquele que está cumprimentando?

O irmão respondeu:

— É Johannes. Johannes Moleiro.

Ela lançou-lhe um novo olhar; mas ele sentiu-se demasiado acanhado para tornar a cumprimentá-la. E então a carruagem se afastou.

Johannes rumou para casa.

Nossa, que lugarzinho engraçado era aquele! Mal podia passar pela porta sem abaixar-se. Seus pais abriram uma garrafa de vinho para festejar o acontecimento. A emoção sufocou-o, era tudo tão querido e tão comovente, seu pai e sua mãe tão bons e tão grisalhos, apertaram-lhe a mão e deram-lhe as boas-vindas.

Naquela mesma tarde ele saiu e viu tudo, o moinho, a pedreira e o lugar em que costumava pescar, escutou com um toque de tristeza os pássaros que conhecia e que já estavam construindo seus ninhos nas árvores, e deu uma volta ao redor do grande morro das formigas, no bosque. As formigas haviam partido, o monte estava abandonado. Cavou nele, não havia nenhum sinal de vida. Continuando a sua perambulação, notou que uma boa quantidade de árvores tinha sido derrubada nos bosques do Castelo.

— Está reconhecendo o lugar? perguntou seu pai pilheriando. — Encontrou seus velhos tordos?

— Encontrei algumas mudanças. Tem havido algumas derrubadas.

— É a mata do Senhor, respondeu o pai. — Não cabe a nós contar as suas árvores. Qualquer pessoa pode precisar de dinheiro; o Senhor precisa de muito dinheiro.

Os dias chegavam e passavam, suaves, encantadores dias, maravilhosas horas de solitude, com doces lembranças da infância, o chamado da terra e do céu, do ar e dos montes.

Ele caminhava ao longo da estrada para o Castelo. Fora mordido por uma vespa naquela manhã e seu lábio superior estava inchado; se encontrasse alguém, acenaria apenas com a cabeça e continuaria seu caminho. Não encontrou ninguém. No jardim do Castelo viu uma dama; quando se aproximou, curvou-se profundamente e seguiu. Era a Senhora da casa. Seu coração ainda batia como outrora, quando passou pelo Castelo. Respeito pela casa-grande, as muitas janelas, pela severa e digna pessoa do Senhor, ainda perdurava no seu sangue.

Tomou a estrada para o cais.

Então, de súbito, encontrou Ditlef e Vitória. Johannes sentiu-se constrangido; poderiam pensar que estava à procura deles. Ademais estava com o lábio superior inchado. Diminuiu o passo, sem saber se devia continuar ou não. Continuou. Distante ainda, tirou o chapéu e conservou-o na mão ao passar. Ambos receberam em silêncio a sua saudação e passaram lentamente por ele. Vitória encarou-o diretamente; sua fisionomia alterou-se um pouco.

Johannes continuou rumo ao cais; invadira-o uma inquietude, seus passos tornaram-se nervosos. Vitória era agora uma moça grande, crescida, mais encantadora que nunca. Suas sobrancelhas quase se uniam acima do nariz, eram como dois finos traços de veludo. Seus olhos se haviam tornado mais escuros, de um azul muito intenso.

A caminho de casa, enveredou por um atalho através do bosque, evitando o jardim do Castelo. Ninguém poderia dizer que ele farejava os passos das crianças do Castelo. Chegou ao alto de uma colina, encontrou uma pedra e sentou-se. Os pássaros executavam uma selvagem e apaixonada música, chamando e perseguindo uns aos outros, e voando com raminhos nos bicos. Um cheiro doce de terra, de brotos novos e de árvores em decomposição enchia o ar.

Fora dar no caminho de Vitória, ela vinha em sua direção pelo lado oposto.

Dominou-o um insopitável sentimento de contrariedade, desejou estar longe, muito longe dali; ela, naturalmente, pensaria desta vez que ele a havia seguido. Tornaria a cumprimentá-la? Talvez devesse olhar para outro lado; ademais estava com aquela picada da vespa.

Mas, quando ela se aproximou bastante, levantou-se e tirou o chapéu. Ela sorriu e acenou-lhe com a cabeça.

— Boa tarde. Seja bem-vindo, disse ela.

Seus lábios pareceram novamente tremer um pouco; mas ela dominou-se imediatamente.

Disse ele:

— Parece engraçado, Vitória; mas eu não sabia que você estava aqui.

— Naturalmente que não sabia, redargüiu ela. Foi apenas um capricho meu; pensei em dar uma volta por aqui.

Puxa! ele fora demasiado familiar.

— Quanto tempo você ficará em casa? Perguntou ela.

— Até as férias terminarem.

Era penoso responder-lhe, ela parecia ter-se afastado, de repente, para muito longe. Então por que lhe dirigira a palavra?

— Ditlef diz que você é tão inteligente, Johannes. Você sempre sobressai. E ele diz que você também escreve poesia; é verdade?

Ele respondeu laconicamente, com um esgar:

— Sim, claro. Todo o mundo escreve.

Agora, pensou ele, não ficará por mais tempo, pois ela nada mais disse.

— Veja você que coisa... fui picado por uma vespa esta manhã, disse ele mostrando a boca. — É por isso que estou assim.

Para ela não fazia diferença que ele estivesse desfigurado por uma vespa ou não. Muito bem. Ela ficou ali, rodando no ombro uma sombrinha de cabo de ouro, e nada mais lhe importava. E no entanto ele havia carregado Sua Graça nos braços, mais de uma vez.

— Não estou reconhecendo as vespas, continuou ele. — Costumavam ser minhas amigas.

Mas ela não percebeu o sentido profundo de suas palavras; não respondeu. Oh, mas era profundo demais.

— Não estou reconhecendo mais nada aqui. Até mesmo as árvores foram derrubadas.

As feições dela contrairam-se um pouco.

— Então você talvez possa escrever poesia aqui, disse. — Imagine se você escrever um poema para mim, algum dia. Ora, de que estou falando eu! Isto lhe revela quão pouco sei a esse respeito.

Ele olhou para o chão, ferido e silencioso. Ela o estava fazendo de tolo, da maneira mais cordial, falava paternalmente e observava o efeito que produzia. Com o perdão dela, ele não gastara o seu tempo todo escrevendo, estudara mais que todos...

— Bem, encontrar-nos-emos outra vez. Por ora, adeus.

Ele tirou o chapéu e afastou-se sem responder.

Se ela soubesse, seus poemas eram dirigidos a ela e a mais ninguém cada um deles, até mesmo o da Noite, até mesmo o do Espírito do Lago. Ela nunca descobriria isso.

No domingo Ditlef chamou-o e pediu-lhe que os levasse à ilha. Vou ser o barqueiro de novo, pensou ele. Foi. Havia um grupo de ociosos domingueiros no cais, e com exceção deles tudo o mais estava tranqüilo, o sol brilhante e cálido. Súbito um som distante de música veio da água, das ilhas distantes; o barco-correio avançava para o cais, numa grande curva; havia uma banda a bordo.

Johannes soltou o bote e tomou os remos. Achava-se num estado de espírito transigente, acessível, aquele dia luminoso e a música do navio teciam um tecido de flores e de grãos de ouro diante de seus olhos...

Por que Ditlef não vinha? Achava-se na praia, olhando a gente e o navio, como se não pretendesse sair dali. Johannes pensou: não vou ficar aqui segurando estes remos, vou para a praia. E começou a virar o bote.

Então, de súbito, viu uma coisa branca e o barulho de um corpo n'água; do navio e da praia subiram gritos de vozes desesperadas e todas as mãos e olhares apontavam para o local em que a coisa branca havia desaparecido. A banda parou imediatamente de tocar.

Num instante Johannes estava no lugar. Agira instantaneamente, sem pensar, sem tomar uma deliberação. Não ouvira os gritos da mãe, no convés: "Minha filha, minha filha!" Já não enxergava ninguém. Pulou do bote e mergulhou.

Sumiu por um momento, um minuto; todos podiam ver a agitação da água no ponto em que pulara e sabiam que ele estava em ação. Do navio ainda partiam gritos de lamentação.

Então ele apareceu de novo, longe, muitas braças além da cena do acidente. Gritaram-lhe, apontando como loucos:

— Não, *aqui,* foi *aqui!*

E ele tornou a mergulhar.

Outro intervalo de tortura, um ininterrupto grito de angústia de um homem e de uma mulher no convés, retorcendo as mãos. Outro homem mergulhou, do navio, o tripulante que atirara fora sua jaqueta e sapatos. Rebuscou cuidadosamente o lugar em que a menina desaparecera e todos depositaram suas esperanças nele.

Então a cabeça de Johannes apareceu de novo na superfície, ainda longe, muitas braças mais longe que antes. Perdera o gorro e sua cabeça brilhava como um escudo à luz do sol. Podiam perceber que ele estava lutando com alguma coisa, nadava com dificuldade, uma das mãos estava embaraçada. Um momento depois ele segurava algo na boca, entre os dentes, um grande fardo; era a menina. Gritos de surpresa chegaram-lhe aos ouvidos, do navio e da praia, até mesmo o marinheiro devia ter ouvido a diferença; pôs a cabeça fora d'água e olhou à sua volta.

Johannes alcançou, finalmente, o bote, que havia derivado; colocou a menina dentro dele e subiu também; tudo sem deter-se para pensar. Viram-no inclinar-se sobre a moça e rasgar-lhe, literalmente, as roupas nas costas, depois segurou os remos e começou a remar furiosamente, para o navio. Quando a vítima foi segurada e içada a bordo, todos aplaudiam selvagemente.

— Por que foi procurar tão longe? perguntaram-lhe.

Ele respondeu:

— Conheço os cardumes. E há uma corrente aqui. Eu sabia disso.

Um homem abriu caminho até o costado do navio; estava pálido como a morte, com um sorriso torturado e lágrimas pendentes dos seus cílios.

— Suba a bordo um momento! gritou ele para baixo. — Quero agradecer-lhe. Devemos-lhe tantos agradecimentos. Só por um momento.

E o homem se afastou de novo, pálido como a morte.

O passadiço foi aberto e Johannes subiu a bordo.

Não demorou; deu seu nome e endereço, uma mulher abraçou-o, encharcado como estava; o homem pálido e perturbado meteu-lhe um relógio na mão. Johannes encontrou-se numa cabina onde dois homens estavam ocupados com a afogada. Disseram: "Agora ela está voltando a si, o pulso começou a bater!" Johannes olhou para a sofredora, uma bonita menina de vestido curto; o vestido estava todo rasgado nas costas. Então um homem pôs-lhe um chapéu na cabeça e ele foi levado para fora.

Não soube exatamente como foi para a praia e puxou o bote para a terra. Ouviu novos gritos de regozijo e a banda tocando uma alegre melodia, enquanto o navio se afastava. Uma exuberante onda de êxtase, fria e doce, percorreu-o da cabeça aos pés; sorriu e moveu os lábios.

— Nada de remar para nós hoje, então, disse Ditlef. Parecia aborrecido com isso.

Vitória tinha vindo, reuniu-se a eles e disse, rápida:

— Que é que você está pensando? Ele precisa ir para casa e mudar de roupa.

Ah, que acontecimento, em seu décimo nono ano!

Johannes partiu para casa. A música e os aplausos ainda ressoavam aos seus ouvidos, uma poderosa emoção impelia-o para a frente. Passou pela sua casa e tomou o atalho, através do bosque, para a pedreira. Ali procurou um bom lugar, aquecido pelo sol. Suas roupas fumegavam. Sentou-se. Uma inquietação selvagem, feliz, fê-lo levantar-se e caminhar de novo. Como estava cheio de felicidade! Caiu de joelhos e, com lágrimas quentes, agradeceu a Deus por aquele dia. Ela estava lá embaixo, ela ouvira os aplausos. Vá para casa e ponha roupas enxutas, dissera ela.

Sentou-se e começou a rir, arrebatado de alegria. Sim, ela o tinha visto, vira-o praticar a heróica façanha; observara-o com orgulho, quando ele voltou com a menina afogada entre os dentes. Vitória, Vitória! Saberia quão inexprimivelmente dela eram todos os minutos de sua vida? Ele seria seu servo e seu escravo, varreria o caminho com os ombros para ela passar. E lhe beijaria os pequenos sapatos, puxaria sua carruagem e poria achas em sua lareira, nos dias frios. Achas douradas ele poria em sua lareira, Vitória.

Olhou ao seu redor. Ninguém o ouvia, estava inteiramente só. Segurava na mão um relógio valioso, batia, funcionava.

Graças, graças por esse bom dia! Bateu de leve no musgo das pedras e nos galhos caídos. Vitória não lhe havia sorrido; não, mas não era a maneira dela. Ficara, simplesmente, no cais; um leve rubor cobrira-lhe as faces. Talvez ela tivesse gostado do relógio, se ele lho houvesse dado?

O sol se escondeu e o calor começou a diminuir. Sentiu que estava úmido. E então correu para casa, leve como uma pluma.

Havia veranistas no Castelo, um grupo da cidade, com danças e festas. E a bandeira drapejava noite e dia na torre redonda, já há uma semana.

Havia o feno para ser transportado, mas os cavalos tinham sido todos levados pelos veranistas e o feno foi deixado fora. Havia campos e campos cheios de mato alto, mas todos os empregados estavam trabalhando como cocheiros e barqueiros e o mato continuava a crescer.

E a música nunca parava de tocar na sala de visitas amarela.

O velho Moleiro parou o moinho e o trancou enquanto aquilo continuava. Aprendera a ser prudente, pois lembrava-se das vezes em que a galhofeira gente da cidade tinha vindo em grupo e brincado com os seus sacos de trigo. As noites eram tão quentes e claras que eles inventavam toda sorte de diversões. O rico Camareiro, quando era moço, carregara certa vez, com as próprias mãos, uma casa de formigas e a deixara dentro do moinho. Agora o Camareiro estava bem idoso, mas seu filho Otto ainda vinha ao Castelo e descobria estranhas maneiras de divertir-se. Contava-se muitas histórias a seu respeito...

34

Através do bosque chegava o ruído de cascos e gritos. Os jovens tinham saído a cavalgar e os cavalos do Castelo estavam reluzentes e descansados. O grupo parou na casa do Moleiro, bateram na porta com seus rebenques e queriam entrar a cavalo. A porta era muito baixa e no entanto queriam entrar a cavalo.

— Bom dia, bom dia, gritavam. — Viemos perguntar como estão passando.

O Moleiro riu obsequiosamente com a pilhéria.

Então eles desmontaram, amarraram os cavalos e dirigiram-se para o moinho.

— O funil está vazio! gritou o Moleiro. — Vocês vão quebrar o moinho.

Mas ninguém o ouviu, em meio ao fragor.

— Johannes! gritou o Moleiro com toda a força dos pulmões, em direção à pedreira.

Johannes veio.

— Eles estão triturando minhas mós, exclamou seu pai, apontando.

Johannes avançou serenamente para o grupo. Estava terrivelmente pálido e as veias de suas têmporas intumesceram-se. Reconheceu Otto, o filho do Camareiro, que estava com uniforme de cadete; havia mais dois além dele. Um dos rapazes recebeu-o sorrindo, para conciliar as coisas.

Johannes não proferiu nenhum som nem fez qualquer sinal, mas continuou avançando. Caminhava diretamente para Otto. Nesse momento viu duas moças, a cavalo, saindo do bosque; uma delas era Vitória. Trazia um vestido verde e montava a égua branca do Castelo. Ela não saltou, mas ficou a observá-los com olhar interrogativo.

Então Johannes alterou o seu rumo; voltou-se, subiu ao açude e abriu a comporta; o fragor foi diminuindo gradativamente, o moinho parou.

Otto gritou:

— Não, deixe-o funcionar. Por que está fazendo isso? Deixe o moinho funcionar, estou-lhe dizendo.

— Foi você que pôs o moinho a rodar? Perguntou Vitória.

— Sim, respondeu ele rindo. — Por que pará-lo?

Por que não pode funcionar?

— Porque está vazio, respondeu Johannes, com um ligeiro ofego, encarando-o. — Está entendendo? O moinho está vazio.

— Está vazio, ouviu? repetiu Vitória.

— Como é que eu podia saber disso? inquiriu Otto rindo. — Quero saber por que é que está vazio. Não havia milho nele?

— Vamos embora! interrompeu um dos companheiros, para pôr fim ao caso.

Montaram. Um deles pediu desculpas a Johannes antes de se afastarem.

Vitória foi a última. Após dar alguns passos, virou o cavalo e voltou.

— Por favor, peça desculpas ao seu pai, disse ela.

— Seria mais adequado que o Cadete o fizesse, ele mesmo, respondeu Johannes.

— Eu sei. Naturalmente, mas... Ele anda sempre metendo coisas na cabeça... Há quanto tempo não o vejo, Johannes!

Ele fitou-a, duvidando que tivesse ouvido direito.

Esquecera-se ela do domingo, seu grande dia!

Respondeu:

— Eu a vi no cais, no domingo.

— Oh, sim, retrucou ela imediatamente. — Que sorte você ter podido ajudar o marinheiro no salvamento. Você encontrou a menina, não foi?

Ele respondeu laconicamente, em tom magoado: — Sim, nós encontramos a menina.

— Como foi então? prosseguiu ela, como se algo a tivesse impressionado. — Foi você sozinho... Oh, isto não importa. Bem, espero que fale com seu pai sobre o incidente. Boa noite.

Acenou-lhe com um sorriso, tomou as rédeas e partiu.

Quando Vitória desapareceu, Johannes se pôs a vagar pelo bosque, inquieto e indignado. Encontrou Vitória parada junto de uma árvore, inteiramente só.

Estava encostada na árvore e soluçava.

Caíra? Machucara-se?

Aproximou-se dela e perguntou:

— Aconteceu alguma coisa?

Ela deu um passo em sua direção, abriu os braços e lançou-lhe um olhar radiante. Então ela parou, deixou cair os braços e respondeu:

— Não, não aconteceu nada comigo; saltei e deixei a égua ir para casa sozinha... Johannes, você não deve olharme assim. Você estava olhando para mim, perto do lago. Que é que você quer?

Ele vacilou:

— Que quero? Não compreendo...

— Você é tão forte aqui, disse ela, pondo de súbito a mão na dele. — É tão forte aqui, no pulso. E está tão queimado pelo sol, moreno como um fruto...

Ele moveu a mão, tentando segurar a dela. Então ela puxou o vestido e disse:

— Não, não houve nada, como vê. Pensei apenas em ir para casa a pé. Boa noite.

CAPÍTULO III

Johannes voltou para a cidade. Passaram-se dias e anos, um longo período cheio de acontecimentos, de trabalho e sonhos, de leituras e versos. Ele ia bem, teve sucesso com um poema sobre Ester, "uma judia que se tornou Rainha da Pérsia", obra que foi impressa e com a qual ganhou dinheiro. Um segundo poema, "Labirinto do Amor", que ele pôs na boca do Frade Vendt, tornou conhecido o seu nome.

Ah, que era o Amor? Uma brisa sussurrando nas rosas; não, uma fosforescência amarela no sangue. Amor era música quente como o inferno, que impele até os corações dos velhos a dançar. Era como a margarida que se abre à chegada da noite, e era como a anêmona que se fecha a um sopro e morre a um toque.

Assim era o Amor.

Podia arruinar o seu homem, erguê-lo outra vez e renová-lo; podia amar-me hoje, a você amanhã e a ele amanhã à noite, tão inconstante era ele. Mas também podia colar-se como um selo inquebrável e queimar com uma chama inextinguível até a hora da morte, tão eterno era ele. Como era então o Amor?

Oh, Amor é a noite de verão com estrelas no céu e fragrância na terra. Mas por que faz ele com que os jovens procurem caminhos escondidos e o velho respeitável se ponha na ponta dos pés em seu quarto solitário? Ah, o Amor transforma o coração do homem num jardim de fungos, jardim luxuriante e impudico no qual cogumelos venenosos, misteriosos e imodestos, levantam suas cabeças.

Não leva o frade a esgueirar-se para dentro de jardins fechados e colar os olhos às janelas dos adormecidos, à noite? E não impregna de loucura a monja e não obscurece o entendimento da princesa? Atira a cabeça do rei ao chão de modo que seus cabelos varrem todo o pó da estrada e ele murmura palavras inconvenientes para si mesmo, ri e põe a língua de fora.

Assim era o Amor.

Não, não, era coisa muito diferente e não se parecia a nada no mundo. Veio à terra certa noite de primavera quando um jovem viu dois olhos, dois olhos ele olhou e viu. Beijou uma boca e então foi como se duas luzes se encontrassem em seu coração, um sol lançando seus raios para uma estrela. Caiu num abraço e então nada mais ouviu nem viu em todo o mundo.

Amor é a primeira palavra de Deus, o primeiro pensamento que esvoaçou de seu cérebro. Disse ele: Que se faça a luz! e então se fez o Amor. E tudo quanto ele fez era muito bom e ele nada quis desfazer. E o Amor tornou-se a origem do mundo e do seu senhor; mas todos os seus caminhos são cheios de flores e sangue, flores e sangue.

Um dia de setembro.

Aquela rua fora de mão era o seu passeio diário; percorria-a de alto a baixo, como se estivesse em seu próprio quarto, porque nunca encontrava ninguém e tinha jardins de ambos os lados e árvores com folhas vermelhas e amarelas.

Por que Vitória estava passeando por ali? Como podia aquela rua estar no seu caminho? Não se enganara, era ela, e talvez tivesse sido ela quem andara passeando por ali, na noite anterior, quando ele olhara de sua janela.

Seu coração bateu com violência. Sabia que Vitória estava na cidade, ouvira dizer; mas freqüentava círculos fechados ao filho do Moleiro. Nunca se encontrara, também, com Ditlef.

Controlou-se, e partiu ao encontro da moça. Reconhecê-lo-ia? Ela caminhava, séria e imersa em seus pensamentos, ostentando orgulhosamente a cabeça sobre o pescoço comprido.

Ele curvou-se.

— Boa tarde, disse ela em voz baixa.

Não fez menção de parar e seguiu em silêncio. As pernas dele tremeram. No fim da pequena rua, ele se voltou, como sempre fazia. Conservarei os olhos fixos no chão e não os erguerei, pensou ele. Só depois que deu uns doze passos é que olhou para cima.

Ela havia parado em frente a uma janela. Fugiria, enveredando pela próxima rua? Para que estava ela parada ali? Era uma pobre janela, uma pequena vitrina que exibia algumas grosseiras barras de sabão vermelho, uma jarra de vidro e alguns selos estrangeiros para venda.

Talvez pudesse dar mais uns doze passos e depois voltar.

Então ela olhou para ele e de súbito avançou em sua direção. Caminhava rápida, como se tivesse tomado coragem, e quando falou sua respiração estava ofegante. Sorriu nervosamente.

— Boa tarde. Alegro-me tanto por encontrá-lo.

Céus, que luta no coração dele; não estava batendo, tremia. Tentou dizer alguma coisa, mas não conseguiu, apenas seus lábios se mexeram. Uma fragrância emanava das roupas dela, de seu vestido vermelho, ou talvez de sua boca. Nesse momento ele não tinha uma impressão clara de sua face; mas reconheceu-lhe os ombros finos, a mão longa e delicada no cabo da sombrinha. Era a mão direita. Havia um anel no dedo anular.

Durante os primeiros segundos ele não refletiu sobre isso e não teve pressentimento de desastre. Mas a mão era maravilhosamente bela.

— Estou há uma semana inteira na cidade, prosseguiu ela, mas não o encontrei. Oh, sim, vi-o uma vez na rua; alguém me disse que era você. Você cresceu muito.

Ele balbuciou:

— Eu sabia que você estava na cidade. Vai ficar muito tempo?

— Alguns dias. Não, não muitos. Vou para casa de novo.

— Obrigado por ter parado para falar comigo, disse ele. Pausa.

— Oh, a propósito, perdi-me, disse ela novamente.

— Estou em casa do Camareiro; como é que devo ir até lá?

— Se me permitir, eu a levarei.

Começaram a andar.

— Otto está em casa? perguntou ele para dizer alguma coisa.

— Sim, está, tornou ela, lacônica.

Alguns homens saíram de uma casa carregando um piano e obstruíram a calçada. Vitória desviou-se para a esquerda, comprimindo-se contra o companheiro.

Johannes fitou-a.

— Desculpe-me, disse ela.

Um sentimento voluptuoso percorreu-o àquele contato; por um instante a respiração dela roçou-lhe a face.

— Vejo que leva um anel, disse ele. Sorriu e simulou um ar de indiferença. — Talvez deva dar-lhe os parabéns?

Que responderia ela? Ele não a olhou, mas conteve a respiração.

— E você? indagou ela. — Não tem uma aliança? Não? Tenho certeza de que alguém me disse... Ouve-se tanta coisa hoje em dia a seu respeito, seu nome anda nos jornais.

— São alguns poemas que escrevi, respondeu ele.

— Mas você não os deve ter visto.

— Não foi um livro inteiro? Eu pensei...

— Sim, há um livrinho também.

Chegaram a uma praça, ela não estava com pressa, embora tivesse que ir à casa do Camareiro; sentou-se num banco. Ele ficou de pé na sua frente.

Então, de súbito, ela segurou-lhe a mão e disse: — Sente-se também.

E só depois que ele se sentou foi que ela lhe largou a mão.

Agora ou nunca! pensou ele. Fez outra tentativa de assumir um tom ligeiro e indiferente, sorriu, olhou para o alto. Bom.

— Então você está comprometida e nem mesmo quer dizer-me. E eu sou seu vizinho, lá em casa.

Ela pensou um momento.

— Isto não é exatamente o que eu queria conversar com você hoje, respondeu.

Ele ficou imediatamente sério e disse em voz baixa: — Bem, bem, creio que sei de tudo a esse respeito. Pausa.

Ele começou de novo:

— Naturalmente eu sempre soube que de nada adiantaria... Quero dizer, que não seria eu quem... Eu era apenas o filho do Moleiro, e você... É isso, naturalmente. E não posso nem mesmo perceber como me atrevo a sentar-me ao seu lado e fazer essas alusões. Deveria estar de pé, diante de você, ou ajoelhado ali, no chão. É assim que devia ser. Mas

41

de qualquer maneira... E depois todos esses anos que estive longe fizeram uma diferença. Pareço ter mais confiança agora. Não sou mais criança e sei que você não pode atirar-me numa prisão, se quiser fazê-lo. Isto me dá coragem para falar. Mas não se zangue comigo; é melhor que eu guarde tudo para mim.

— Não, continue. Diga o que quer dizer.

— Posso? O que eu quero dizer? Se é verdade, então a sua aliança não me interromperá.

— Não, tornou ela, em voz baixa, não o interromperá. Não.

— Quê? Bem, mas que significa isso? Oh, Deus a abençoe, Vitória, estarei certo? Levantou-se e inclinou-se para olhá-la no rosto. — Diga-me, esse anel nada significa?

— Sente-se de novo.

Ele sentou-se.

— Oh, se soubesse quanto tenho pensado em você; céus, haverá qualquer outro pensamento em meu coração? De todas as pessoas que vi ou soube, no mundo, só existe você. Eu simplesmente não poderia pensar noutra coisa senão nisso — Vitória é a mais bela, a mais gloriosa de todas, e eu a conheço! *Miss* Vitória, você sempre foi para mim. Embora, naturalmente, eu visse que ninguém estava mais longe de você do que eu; mas eu sabia que você existia — e isto significava muito para mim — que você existia, viva, e talvez se lembrasse de mim às vezes. Naturalmente você não se lembrava de mim; mas tão freqüentemente me sento na minha cadeira e penso, à noite, que talvez você se lembre de mim algumas vezes. Sabe, isto parecia abrir-me as portas do céu, *Miss* Vitória, e então lhe escrevia poemas, comprava-lhe flores, com tudo quanto eu possuía, e levava-as para casa e as colocava em vasos. Todos os meus poemas são para você, há apenas uns poucos que não são, e estes não foram impressos. Mas você não deve ter lido nem os que foram impressos. Agora comecei um grande livro. Deus, quão grato lhe sou, pois estou impregnado de você e isto é toda a minha alegria. A cada momento do dia, à noite também, vejo ou escuto algo que me recorda você. Escrevi seu nome no teto e quando me deito olho para ele; mas a moça que arruma meu quarto não pode vê-lo, pois o escrevi em letras muito pequenas para ser só meu. Isto me dá uma espécie de alegria.

Ela virou-se, abriu o vestido e tirou um papel.

— Olhe aqui! disse, respirando pesadamente. Recortei-o e guardei-o. Você também pode saber disso, eu o leio à noite. Foi papai quem me mostrou e eu o levei para a janela, a fim de lê-lo. "Onde está? Não posso achá-lo", disse eu e lhe devolvi o jornal.

Mas eu o tinha encontrado e lido imediatamente. E fiquei tão contente.

O recorte tinha a fragrância do seu seio; ela desdobrou-o e mostrou-lho, um dos seus primeiros poemas, quatro pequenos versos dirigidos a ela, à Dama no Cavalo Branco. Era a simples e apaixonada confissão de um coração, uma explosão impossível de conter, que faiscava em cada linha como as estrelas à noite.

— Sim, disse ele, eu escrevi isso. Foi há muito tempo, numa noite em que havia um farfalhar tão grande nos álamos, do lado de fora da minha janela, foi então que eu o escrevi. Não, você vai mesmo guardar esses versos? Obrigado! Você os guardou. Oh! ele mergulhou num êxtase repentino e sua voz saiu muito baixa — pensar que agora você está sentada tão perto de mim. Sinto seu braço contra o meu, sinto o seu calor. Muitas vezes, quando estava só e pensava em você, tremia de emoção; mas agora estou aquecido. A última vez que estive em casa, achei-a encantadora, porém você está mais encantadora agora. São os seus olhos e suas sobrancelhas, seu sorriso... oh, eu não sei, é tudo, tudo em você.

Ela sorriu e fitou-o com os olhos entrecerrados, havia um brilho azul-escuro sob os longos cílios. Um cálido rubor lhe coloria as faces. Parecia presa da mais intensa alegria e com um movimento inconsciente procurou a mão dele.

— Obrigada! disse ela.

— Não, Vitória, não me agradeça, respondeu ele.

Toda a sua alma extravasou para ela e queria dizer mais, dizer mais; nada saiu além de explosões confusas e entrecortadas, estava como intoxicado. — Ah, mas, Vitória, se você se importa comigo um pouco... Eu não sei, mas diga que sim, mesmo que não seja verdade. Diga, por favor! Oh, prometo-lhe que farei coisas, grandes coisas, coisas quase inauditas. Você não tem idéia do que poderei fazer; reflito sobre isso às vezes e sinto que estou simplesmente cheio de coisas a serem feitas. Muitas e muitas vezes transbordam de mim, levanto-me à noite e caminho pelo meu quarto porque estou tão cheio de visões. Há um homem no quarto contíguo ao meu, ele não pode dormir e bate na parede. Quando começa a amanhecer, entra furioso no meu quarto. Isto não importa, não me preocupo com ele, pois então eu havia pensado tanto em você que você parecia estar comigo. Vou à janela e canto, começa a raiar o dia, os álamos farfalham lá fora. Boa noite! digo ao dia. Isto é para você. Agora ela está adormecida, penso eu, boa noite, Deus a abençoe! Então vou para a cama. E é assim, noite após noite. Mas eu nunca pensei que você fosse tão adorável quanto é. Agora me lembrarei de você assim, quando tiver partido; como você é agora. Lembrar-me-ei de você tão nitidamente...

— Você não vai para casa?

— Não. Não estou pronto. Sim, irei. Partirei agora. Não estou pronto, mas farei qualquer coisa no mundo. Passeia de vez em quando no jardim de sua casa, agora? Costuma sair à noite? Poderei vê-la, talvez possa saudá-la, nada mais. Mas se você se importa comigo um pouco, se pode suportar-me, se não me odeia, então diga... deixe-me ter esse conforto... Você sabe, há uma palmeira que floresce apenas uma vez na vida, embora viva setenta anos... a carifa. Mas só floresce uma vez. Agora é a minha vez de florescer.

Sim, juntarei algum dinheiro e irei para casa. Venderei o que escrevi; estou, escrevendo um grande livro, você sabe, e o venderei agora, amanhã de manhã, tudo quanto já fiz. Receberei uma boa quantia por ele. Quer que eu vá para casa?

— Sim.

— Obrigado, obrigado! Perdoe-me se espero muito, se creio muito; é tão encantador crer além de todos os limites. Este é o dia mais feliz que já conheci...

Tirou o chapéu e depositou-o ao seu lado.

Vitória olhou ao seu redor, uma moça vinha descendo a rua e mais adiante uma mulher com um cesto. Vitória ficou inquieta, consultou o relógio.

— Precisa ir agora? perguntou ele. — Diga alguma coisa antes de ir, deixe-me ouvir a sua... Amo-a e digo-lho agora. Dependerá de sua resposta se eu... Estou tão completamente em suas mãos. Qual é a sua resposta?

Pausa.

Ele deixou tombar a cabeça. — Não, não diga! pediu ele.

— Aqui não, respondeu ela. — Quando estivermos lá.

Puseram-se a caminhar.

— Dizem que você vai casar-se com aquela menina, aquela menina cuja vida você salvou; como se chama?

— Está falando de Camila?

— Camila Seier. Dizem que você se casará com ela.

— Sim? Por que pergunta? Ainda é pequena. Estive em casa dela, uma casa-grande, bonita, um castelo como o seu; fui lá muitas vezes. Não, ela ainda é pequena.

— Tem quinze anos. Encontrei-me com ela, estivemos juntas. Gostei muito dela. Como é encantadora.

— Não vou casar-me com ela.

— Sim?

Fitou-a. Suas feições contorceram-se.

— Mas por que diz isso agora? É porque deseja chamar a minha atenção para outra?

Ela apressou o passo e não respondeu. Viram-se diante da casa do Camareiro. Ela tomou-lhe a mão, arrastou-o pelo portão, até o alto da escada.

— Eu não vou entrar, disse ele, meio surpreso.

Ela tocou a campainha, depois voltou-se para ele, ofegante.

— Amo-o, disse. — Compreende? É a você que eu amo.

Súbito puxou-o de novo escada abaixo, rápida, três ou quatro degraus, enlaçou-o com os seus braços e beijou-o. Ela tremia contra ele.

— É a você que eu amo, disse.

A porta alta abriu-se. Ela desprendeu-se dele e subiu correndo a escada.

CAPÍTULO IV

A noite chegava ao fim; o dia raiou, manhã purpurina e trêmula de setembro.

Havia um murmúrio gentil entre os álamos no jardim. Abriu-se uma janela, um homem inclinou-se para fora, trauteando uma melodia. Estava sem paletó, olhava para o mundo como um maníaco desgrenhado, que estivera se embebedando de felicidade durante a noite inteira.

Súbito afastou-se da janela e olhou para a sua porta; alguém havia batido. Gritou: "Entre!" Um homem entrou.

— Bom dia, saudou o visitante.

Era um homem idoso, estava pálido de fúria e trazia um lampião na mão, pois ainda não havia clareado por completo.

— Pergunto-lhe mais uma vez, Sr. Miller, Sr. Johannes Miller, acha o seu comportamento razoável? gaguejou o homem com indignação.

— Não, respondeu Johannes, o senhor tem razão. Estive, escrevendo um pouco, veio-me com tanta facilidade; olhe, escrevi tudo isto, fui feliz esta noite. Mas agora terminei. Abri a janela e cantei um pouco.

— O senhor trovejou, disse o homem. — Foi a canção mais alta que já ouvi em minha vida, digo-lhe eu. E ainda estamos no meio da noite.

Johannes mergulhou a mão entre os papéis sobre sua mesa e apanhou um punhado de tiras grandes e pequenas.

— Olhe aqui! exclamou ele. — Digo-lhe que nunca escrevi tão bem. Foi como um longo raio de luz. Certa vez vi um raio correr ao longo de um fio telegráfico; Nossa Senhora, era como uma fita de fogo. Foi assim que isto jorrou de mim esta noite. Que posso fazer? Não creio que tornará a zangar-se comigo depois que ouvir tudo a respeito. Sentei-me aqui, escrevendo, vê o senhor, sem mexer-me; lembrei-me do senhor e permaneci quieto. Então chegou um momento em que não me lembrei de mais nada, meu peito estava prestes a explodir, talvez eu me tenha levantado de novo no decurso da noite e caminhado ao redor do quarto algumas vezes. Eu estava tão feliz!

— Não ouvi o senhor fazer muito barulho esta noite, observou o homem. — Mas é imperdoável que tenha aberto a janela a esta hora da noite e berrado daquela maneira.

— Oh, sim. É imperdoável, sem dúvida. Mas agora já expliquei. Tive uma noite como nenhuma outra, digo-lhe eu. Aconteceu-me uma coisa ontem. Eu estava passeando na rua quando me encontrei com a alegria de minha vida; oh, ouça-me, encontrei minha estrela e minha alegria. E então, o senhor sabe, ela me beijou. Sua boca era tão vermelha, e eu a amo; ela beijou-me e me intoxicou. Sua boca tremeu alguma vez de tal maneira que não pudesse falar? Eu não podia falar, meu coração sacudia meu corpo inteiro. Corri para casa e caí adormecido; sentei-me aqui nesta cadeira e dormi. Quando a noite chegou, acordei. Minha alma oscilava para cima e para baixo, em mim, de emoção, e comecei a escrever. Que escrevi eu? Aqui está! Eu estava sob o domínio de uma estranha e gloriosa corrente de idéias, os céus se haviam aberto, era como um cálido dia de verão para a minha alma, um anjo trouxe-me vinho, bebi-o, era vinho forte, sorvi-o de uma taça de granada. Ouvi o relógio bater? Vi o lampião extinguir-se? Deus permita que o senhor possa compreender! Vivi tudo aquilo de novo, passeei de novo com a minha bem-amada na rua e todos se voltaram para olhá-la. Fomos ao Parque, encontramos o Rei, tirei o chapéu e varri o chão de alegria, e o Rei voltou-se para olhar a minha bem-amada, pois ela é tão alta e encantadora. Descemos novamente para a cidade e todos os colegiais se voltaram para olhá-la, pois ela é jovem e tem um vestido leve. Então chegamos a uma casa de tijolos vermelhos e entramos. Segui-a escada acima e quis ajoelhar-me diante dela. Então ela abriu os braços e beijou-me. Isto me aconteceu ontem à tarde, nada mais que ontem à tarde. Se me perguntar o que foi que escrevi, é uma ininterrupta canção à alegria, à felicidade. Era como se a alegria jazesse nua à minha frente, com uma comprida garganta ridente e avançasse para mim.

— Bem, na verdade não posso continuar a ouvi-lo por mais tempo, disse o homem com desespero e irritação. — Adverti-o pela última vez.

Johannes interrompeu-o na porta.

— Espere um momento. Oh, o senhor devia ter visto como a sua face se iluminou. Percebi-o quando o senhor se virou, foi o lampião, desferiu um raio de sol sobre a sua testa. O senhor não estava mais zangado, eu vi. Abri a janela, eu sei, e cantei alto de mais. Eu era o irmão feliz de todo o mundo. Às vezes isso acontece. A gente se desprende de seus sentidos. Eu deveria ter pensado que o senhor ainda estava dormindo...

— A cidade inteira ainda está dormindo.

— Sim, é cedo. Gostaria de dar-lhe um presente, aceita isto? É de prata, ganhei-o. Foi uma menina, cuja vida salvei certa vez, quem me deu. Tome-o, por favor. Comporta vinte cigarros. Não quer? Bem, o senhor não fuma, mas devia aprender a fumar. Posso procurá-lo amanhã e apresentar-lhe minhas desculpas? Gostaria de fazer alguma coisa, pedir-lhe perdão...

— Boa noite.

— Boa noite. Vou para a cama, agora, prometo-lhe. Não ouvirá nenhum ruído mais. E no futuro serei mais cauteloso.

O homem saiu.

Johannes, de súbito, tornou a abrir a porta e acrescentou:

— A propósito, vou-me embora. Não o incomodarei mais. Parto amanhã. Esqueci-me de dizer.

Ele não partiu. Várias coisas o detiveram, tinha negócios a resolver, coisas a comprar, contas a pagar, a manhã passou e a tarde chegou. Corria para todos os lados, como fora de si.

Finalmente bateu na porta da casa do Camareiro.

Vitória estava em casa?

Vitória tinha ido fazer compras.

Explicou que eram do mesmo lugar, *Miss* Vitória e ele, desejava apenas apresentar-lhe seus cumprimentos se ela estivesse, tomar a liberdade de apresentar-lhe seus cumprimentos. Desejava enviar uma mensagem para a sua casa. Muito bem.

Em seguida foi para a cidade. Talvez a encontrasse, cruzasse com ela; ela poderia estar sentada numa carruagem. Vagou pelas ruas até o entardecer. Viu-a em frente ao teatro; curvou-se, sorriu e curvou-se, e ela retribuiu-lhe a saudação. Ia encaminhar-se para ela, a apenas alguns passos, quando viu que não estava só, Otto estava com ela, o filho do Camareiro. Vestia uniforme de tenente.

Johannes pensou: agora talvez ela me dê um sinal, um pequeno olhar? Ela entrou apressada no teatro, ruborizada, de cabeça baixa, como se não desejasse ser vista.

Talvez pudesse vê-la no interior do teatro? Comprou um bilhete e entrou.

Sabia onde era o camarote do Camareiro; naturalmente, essa gente rica tinha camarotes. Lá estava ela sentada, em toda a sua glória, olhando ao seu redor. Olhou para ele? Nunca!

Quando o ato terminou, esperou por ela no corredor. Curvou-se de novo; ela encarou-o, antes surpresa, e fez um aceno.

— É ali que você pode tomar um copo d'água, disse Otto, indicando.

Passaram.

Johannes seguiu-os com os olhos. Um estranho crepúsculo caiu sobre ele. Todos estavam incomodados com ele e empurravam-no ao passar; desculpava-se mecanicamente e continuava no mesmo lugar. Ela havia desaparecido.

Quando ela voltou, curvou-se profundamente e disse:

— Desculpe-me...

— É Johannes, disse ela, apresentando-o. Reconhece-o? Otto respondeu alguma coisa e estreitou os olhos ao fitá-lo.

— Suponho que deseja saber como estão os seus, continuou ela e sua fisionomia estava calma e distinta. — Realmente não sei, mas espero que estejam bem. Muito bem, na verdade. Transmitir-lhes-ei o seu afeto.

— Obrigado. Voltará breve para casa, Miss Vitória? — Um desses dias. Muito bem, transmitir-lhes-ei seu afeto.

Acenou com a cabeça e se foi.

Os olhos de Johannes tornaram a segui-la até que ela desapareceu, depois ele saiu. Matou o tempo dando um passeio interminável, monótona e triste perambulação de uma rua para outra. Às dez horas estava esperando do lado de fora da casa do Camareiro. Agora os teatros não tardariam a fechar, ela viria. Talvez pudesse abrir a porta da carruagem, tirar o chapéu, abrir a porta da carruagem e curvar-se até o chão.

Finalmente, meia hora depois, ela chegou. Poderia colocar-se junto do portão e lembrar a ela, uma vez mais, a sua existência? Avançou rápido rua acima, sem olhar à sua volta. Ouviu abrirem-se os portões da casa do Camareiro, a carruagem entrar e os portões tornarem a fechar-se. Então voltou.

Continuou a caminhar para cima e para baixo, em frente à casa, durante uma hora. Não estava esperando por ninguém e não tinha nenhum recado a dar. Súbito o portão se abriu, por dentro, e Vitória saiu à rua. Estava sem chapéu e atirara apenas um xale sobre os ombros. Sorriu, meio receosa e embaraçada, e perguntou como introdução:

— Está passeando com os seus pensamentos?

— Não, respondeu ele. — Meus pensamentos? Não, estou apenas passeando aqui.

— Vi-o passear de um lado para o outro, aqui fora, e quis... Vi-o de minha janela. Tenho de entrar logo.

— Obrigado por ter vindo, Vitória. Eu estava tão desesperado há pouco, e agora tudo acabou. Desculpe-me por lhe ter falado no teatro; lamento dizer que também a procurei aqui, na casa do Camareiro, eu queria vê-la e verificar o que você me disse, o que você quis me dizer.

— Bem, tornou ela, você deve saber. Falei tanto anteontem, que você não pode ter dúvida.

— Ainda estou totalmente incerto a respeito de tudo.

— Não falemos mais nisso. Eu já disse o suficiente, falei demais e agora o estou magoando. Amo-o, não lhe menti no outro dia e não lhe estou mentindo agora; mas há muita coisa que nos mantém separados. Gosto muito de você, gosto de conversar com você, preferiria conversar com você do que com qualquer outro, mas... Bem, não me atrevo a continuar aqui, podem ver-nos das janelas. Johannes, há muitas razões que você não conhece, de modo que não deve perguntar-me mais o que eu quis significar. Tenho pensado nisso noite e dia; fui sincera no que lhe disse. Mas será impossível.

— Que será impossível?

— Tudo. Tudo isso. Olhe aqui, Johannes, você não deve forçar-me a ter altivez por nós ambos.

— Muito bem. Muito bem, poupar-lhe-ei isso! Mas acontece que você me fez de tolo no outro dia. Aconteceu que você se encontrou comigo na rua e estava de bom-humor e então...

Ela se voltou para entrar.

— Fiz alguma coisa de errado? indagou ele. Seu rosto estava pálido e irreconhecível. — Quero dizer, que mal lhe fiz... Cometi algum crime nesses dois dias e duas noites?

— Não. Não é isso. Pensei sobre o assunto, eis tudo; você não fez o mesmo? Sempre foi impossível, você sabe. Gosto de você, aprecio-o...

— E respeito-o.

Ela olhou-o, seu sorriso a ofendeu e ela continuou com mais calor:

— Deus do céu, não vê que Papai o proibiria? Por que me força a dizê-lo? Você sabe disso. Aonde chegaríamos? Não tenho razão?

Pausa.

— Sim, respondeu ele.

— Além do mais, continuou ela, há tantos motivos... Não, você não deve mais seguir-me ao teatro, você me assustou. Não deve fazê-lo mais.

— Não, disse ele.

Ela tomou-lhe a mão.

— Não pode ir à sua casa por alguns dias? Eu gostaria muito que você fosse. Como sua mão é quente; eu estou gelada. Não, devo ir agora. Boa noite.

— Boa noite, respondeu ele.

A rua estendia-se fria e escura diante dele, como um cinturão de areia, uma interminável estrada a percorrer. Cruzou com um garoto que vendia velhas rosas murchas; chamou-o, tirou uma rosa, deu ao garoto uma moeda de ouro de cinco coroas, de presente, e continuou. Logo depois viu um grupo de crianças brincando diante de uma porta. Um menino de dez anos estava sentado, quieto, olhando; tinha olhos azuis que acompanhavam a brincadeira, faces cavas e queixo quadrado, e na cabeça um gorro de linho. Era o forro de um chapéu. Esse menino usava uma peruca, uma doença da pele lhe havia desfigurado a cabeça por toda a vida. Talvez sua alma também estivesse enrugada.

Tudo isso ele notou embora não tivesse idéia clara da parte da cidade em que se encontrava ou para onde estava indo. Começou também a chover, ele não sentiu e não abriu o guarda-chuva, embora o estivesse carregando o dia todo.

Quando afinal chegou a uma praça onde havia bancos, sentou-se. Estava chovendo cada vez mais, abriu inconscientemente o guarda-chuva e permaneceu sentado. Pouco depois invadiu-o uma invencível sonolência, fechou os olhos e começou a cabecear e cochilar.

Algum tempo depois foi despertado pelas altas vozes de alguns transeuntes. Levantou-se e se pôs a caminhar. Seu cérebro tinha-se desanuviado, lembrava-se do que acontecera, de todos os incidentes, até mesmo do garoto a quem dera cinco coroas por uma rosa. Imaginou a alegria do homenzinho ao descobrir a maravilhosa moeda entre os seus cobres e verificar que não era um níquel mas uma peça de cinco coroas em ouro. Que Deus estivesse com ele!

E as outras crianças talvez tivessem sido levadas, pela chuva, para o vão da porta, ali continuando com seus divertimentos, brincando de amarelinha ou bola de gude. E o desfigurado velho de dez anos, sentado, olhando. Quem sabe, talvez ele se sentisse contente com alguma coisa, talvez tivesse algum brinquedo no quarto dos fundos, uma caixa de surpresa ou um pião. Talvez ele não houvesse perdido a vida inteira, talvez houvesse esperança em sua alma emurchecida.

Uma dama delgada e graciosa apareceu à sua frente. Ele teve um sobressalto e parou. Não, não a conhecia. Ela saíra de uma rua transversal e caminhava com rapidez, pois não trazia guarda-chuva, embora a chuva continuasse a cair. Emparelhou com ela, olhou-a e seguiu adiante. Como era delicada e jovem!

Estava ficando encharcada, apanharia um resfriado e ele não se atrevia a aproximar-se dela. Fechou, então, o seu guarda-chuva de modo que não fosse ela a única a se molhar. Quando chegou a casa, passava da meia-noite.

Havia uma carta em sua mesa, um cartão; era um convite. Os Seiers teriam muita satisfação em recebê-lo amanhã à noite. Encontrar-se-ia com pessoas que conhecia, entre outras — seria capaz de adivinhar? — Vitória, do Castelo. Cordiais saudações.

Caiu adormecido em sua cadeira. Uma hora ou duas depois, acordou sentindo frio. Semi-acordado, semi-adormecido; tremendo todo, cansado com os reveses do dia, sentou-se à mesa e tentou responder ao cartão, aquele convite que não pretendia aceitar.

Escreveu sua resposta e ia descer para pô-la no correio. Súbito lembrou que Vitória também fora convidada. Então era assim, ela nada lhe havia dito, receara que ele comparecesse, queria estar livre de sua presença entre aqueles estranhos.

Rasgou sua carta, escreveu outra agradecendo, ele iria. Sua mão tremia de excitação interna, dominou-o uma peculiar exasperação feliz. Por que não iria? por que se esconderia? Basta.

Suas violentas emoções fugiram com ele. Com um puxão, arrancou um punhado de folhas do calendário da parede e se instalou numa semana próxima. Imaginou que estava alegre com alguma coisa, satisfeito além de qualquer medida; gozaria aquela hora, acenderia seu cachimbo, mergulharia na sua cadeira. O cachimbo estava irremediavelmente entupido, procurou em vão um canivete, uma raspadeira, e de repente arrancou um dos ponteiros do relógio, no canto, para limpar o cachimbo. A visão do dano que praticara fez-lhe bem, fê-lo rir-se interiormente e olhou ao seu redor para ver que mais poderia estragar.

O tempo fluía. Finalmente atirou-se na cama, com todas as suas roupas molhadas, e adormeceu.

Quando despertou o dia já ia alto. Ainda chovia, a rua estava molhada. Sua cabeça estava em desordem, fragmentos de seus sonhos confundiam-se com os acontecimentos do dia anterior; não sentia febre, pelo contrário, a temperatura cedera, cercava-o uma frialdade, como se estivera perambulando numa floresta sufocante e agora houvesse chegado às margens de um lago.

Soou uma pancada, o carteiro trouxe-lhe uma carta. Abriu-a, olhou-a, leu-a e sentiu dificuldade em compreendê-

54

la. Era de Vitória, um bilhete, meia página; ela esquecera de dizer-lhe que iria à casa dos Seiers naquela noite; queria encontrar-se com ele, explicar-lhe-ia melhor as coisas, pedir-lhe-ia que a esquecesse, que encarasse o assunto como homem. Que desculpasse o papel ordinário. Cordiais saudações.

Foi à cidade, jantou, voltou para casa e finalmente escreveu aos Seiers recusando; não poderia ir, esperava poder vê-los outra noite, amanhã por exemplo.

Esta carta ele a enviou por mensageiro.

CAPÍTULO V

O outono chegou. Vitória tinha ido para casa e a pequena rua fora de mão e suas casas estavam tranqüilas como antes. À noite havia luz no quarto de Johannes. Aparecia com as estrelas, à noite, e se extinguia com o amanhecer do dia. Ele trabalhava com todas as forças, escrevendo seu grande livro.

Passaram-se semanas e meses; estava só e não visitava a ninguém, não ia mais à casa dos Seiers. Freqüentemente sua imaginação lhe pregava peças e insinuava em seu livro fantasias despropositadas, que ele depois tinha de descobrir e atirar fora. Isto o atrasava bastante. Um súbito ruído na quietude da noite, o rolar de um carro na rua, podiam sacudir seus pensamentos e arrancá-los da linha.

Aquele carro se afasta na rua, olhe lá!

Por quê? Por que alguém iria olhar o carro? Estava seguindo seu caminho, talvez tivesse agora alcançado a esquina. Talvez houvesse ali um homem sem sobretudo, sem chapéu, abaixa-se e enfrenta o carro com a cabeça, será atropelado, irremediavelmente destroçado, morto. O homem quer morrer, isto é com ele. Nunca mais abotoará a camisa e já não amarrará os sapatos pela manhã, veste tudo aberto, tem o peito nu e macilento; vai morrer... Um homem estava prestes a morrer, escreveu uma carta a um amigo, um bilhete, um pequeno pedido. O homem morreu e deixou sua carta. Tinha data e assinatura, estava escrita com letras maiúsculas e minúsculas embora quem a escreveu fosse morrer dentro de uma hora. Era tão estranho. Chegara mesmo a pôr o habitual floreio debaixo de seu nome. E uma hora depois estava morto... Havia outro homem. Achava-se deitado, sozinho, num quarto pequeno, revestido de madeira e pintado de azul. E daí? Nada. No mundo inteiro, é ele quem tem de morrer. Isto lhe enche o espírito; pensa a esse respeito até esgotar-se. Vê que é noite, que o relógio da parede marca oito horas e não pode compreender por que não soou. Pobre homem, seu cérebro já começa a entorpecer-se; o relógio bateu as horas e ele não notou. Então faz um buraco no retrato de sua mãe, na parede — que quer ele agora com esse retrato e por que deixá-lo inteiro depois de haver partido? Seus olhos cansados caem sobre o jarro de flores na mesa, estende a mão e empurra lenta e deliberadamente o grande jarro de modo que este cai no chão e se parte em pedaços. Por que deixá-lo intato? Então atira pela janela a sua piteira de âmbar. Para que mais a quereria ele? Parece-lhe demasiado óbvio que não precisa deixá-la atrás de si. E dentro de uma semana o homem estava morto...

Johannes levantou-se e começou a caminhar pelo quarto. Seu vizinho, no quarto contíguo, acordou, seu ressonar cessou, ouviu-se um suspiro, um gemido torturado. Johannes dirigiu-se na ponta dos pés para a mesa e tornou a sentar-se. O vento uivando nos álamos do lado de fora de sua janela fê-lo sentir frio. Os velhos álamos tinham sido privados de suas folhas e pareciam tristes monstruosidades; alguns galhos nodosos raspavam na parede da casa com um som de rangidos, como peça de uma máquina de madeira, um britador gemente que trabalhava sem cessar.

Pousou os olhos nos seus papéis e tornou a lê-los. Bem, bem, sua fantasia o havia arrastado de novo. Nada tinha que ver com a morte e com um carro que passava. Estava escrevendo sobre um jardim, um verde jardim luxuriante perto de sua casa, o jardim do Castelo. Era sobre isto que estava escrevendo. Agora jazia morto e coberto de neve, mas de qualquer modo estava escrevendo sobre ele, e não de inverno e de neve, mas de primavera, fragrância e brisas suaves. E era noite. A água, lá embaixo, jazia profunda e quieta, como um lago de chumbo; os lilases vertiam seu perfume, sebe após sebe estava em botão e folhas verdes, e o ar estava tão sereno que o galo silvestre podia ser ouvido chamando do outro lado da baía. Num dos caminhos do jardim achava-se Vitória, estava só, vestida de branco, com vinte anos de idade. Ali estava ela. Mais alta do que as mais altas roseiras, ela olhava sobre a água, para as florestas, para as montanhas adormecidas na distância; parecia uma alma branca em meio ao verde jardim. Passos soaram na estrada embaixo, ela caminhou um pouco em direção à solitária casa de verão, apoiou os cotovelos na parede e olhou para baixo. O homem na estrada tirou o chapéu, levando-o quase até ao chão e curvou-se. Ela acenou em retribuição. O homem olhou ao seu redor, não havia ninguém na estrada observando-o e ele avançou para a parede. Então ela recuou, gritando "Não, não!" e repeliu-o com um gesto da mão. "Vitória", disse ele, "o que você disse uma vez era a real verdade, eu não podia imaginá-lo, é impossível". "Sim", respondeu ela, "mas que quer você?" Ele estava agora muito perto dela, apenas a parede os separava, e respondeu: "Que quero? Oh, você sabe, eu quero somente ficar aqui um minuto. É a última vez. Quero chegar tão perto de você quanto posso; agora não estou longe!!" Ela nada disse. E assim aquele minuto passou. "Boa noite", disse ele, tirando novamente o chapéu e varrendo o chão com ele. "Boa noite", respondeu ela. E ele se foi sem olhar para trás...

Que tinha ele a ver com a morte? Amarrotou as páginas escritas e atirou-as no fogão. Outras páginas escritas esperavam para ser queimadas, todo o fugitivo desperdício de uma imaginação que transbordava de seus barrancos. E ele começou de novo a escrever sobre o homem na estrada, um vagabundo que se curvava e dizia "adeus" quando o seu minuto tinha ocorrido. E ele deixou a moça para trás, no jardim, e ela estava vestida de branco e tinha vinte anos de idade. Ela não o teria; não, ela não o teria. Mas ele se havia encostado na parede atrás da qual ela vivia. Tinha estado tão perto dela, assim.

Passaram-se de novo semanas e meses e a primavera chegou. A neve já se tinha ido, longe no espaço havia um espumejar de águas libertadas. Chegaram as andorinhas e os bosques fora da cidade se avivavam com a vida de todas as espécies de bichos saltadores e pássaros de canto estranho. Um perfume fresco e doce subia da terra.

Seu trabalho tinha-lhe tomado todo o inverno. Noite e dia e os galhos secos dos álamos haviam raspado a parede com o seu refrão; agora a primavera chegara, as tempestades haviam passado e o moinho se imobilizara.

Abriu a janela e olhou para fora; a rua já estava quieta embora ainda não fosse meia-noite, as estrelas piscavam num céu sem nuvens, parecia que o dia de amanhã seria quente e brilhante. Ouviu o rumor da cidade mesclado ao perpétuo zumbido da distância. Súbito um apito de vapor se ouviu, o sinal do trem noturno; soava como o canto de um galo solitário na quietude da noite. Agora era tempo de trabalhar; aquele apito de trem havia sido como uma ordem para ele durante todo o inverno.

Fechou a janela e se sentou de novo à sua mesa. Pôs de lado os livros que estivera lendo e tomou os seus papéis. Empunhou a caneta.

Agora seu grande trabalho estava quase terminado, necessitava apenas de um capítulo final, uma mensagem de adeus de um navio a caminho, e ele já a tinha na cabeça:

Um homem estava sentado numa hospedaria de estrada, estava de passagem e era uma longa, muito longa viagem.

Seus cabelos e sua barba eram grisalhos e muitos anos haviam passado sobre ele; mas ainda era grande e forte e dificilmente tão velho quanto parecia. Sua carruagem estava do lado de fora, os cavalos descansavam, o cocheiro sentia-se feliz e contente, pois o estrangeiro lhe havia dado vinho e comida. Quando o viajante escreveu o seu nome, o hospedeiro reconheceu-o, curvou-se e manifestou-lhe grande consideração.

— Quem vive no Castelo, agora? inquiriu o estrangeiro.

O hospedeiro replicou:

— O Capitão; ele é muito rico. Sua senhora é muito bondosa para todos.

— Para todos? perguntou o viajante a si mesmo, com um sorriso curioso... Para mim também? E sentou-se e começou a escrever alguma coisa e quando terminou releu-a; era um poema, pesaroso e calmo, mas com muitas palavras amargas. No entanto rasgou o papel em pedaços e continuou a rasgá-lo em pedaços ainda menores, enquanto permanecia sentado ali. Ouviu-se então uma pancada em sua porta e uma mulher vestida de amarelo entrou. Ela tirou o véu, era a Senhora do Castelo, Lady Vitória. Havia majestade nela. O homem ergueu-se abruptamente; no mesmo instante sua alma escura se iluminou como à luz de tochas.

— Você é tão bondosa para com todos, disse amargamente. — Chegou mesmo a vir até mim.

Ela não respondeu, ficou simplesmente a olhá-lo e sua face enrubesceu intensamente.

— Que quer você? perguntou ele tão amargamente quanto antes. — Veio recordar-me o passado? Se é isto, é pela última vez, minha senhora, pois agora estou partindo para sempre.

A jovem Senhora do Castelo não respondeu ainda desta vez, porém seus lábios estavam trêmulos. Disse ele:

— Se não está satisfeita por haver eu reconhecido uma vez minha loucura, então ouça, torno a fazê-lo: meu coração estava posto em você, mas eu não era digno de você... Está satisfeita agora? Ele continuou, com crescente veemência: — Você me disse Não, você foi com outro; eu era um palhaço, um urso, um bárbaro que na infância tinha tropeçado numa tapada real!

Mas então o homem atirou-se numa cadeira, soluçando e suplicando-lhe:

— Oh, vá-se! Perdoe-me, vá embora!

Agora todo o rubor abandonara as faces da Senhora. E ela falou, e pronunciou as palavras tão lentamente e tão bem:

— Eu o amo; não continue a interpretar-me mal, é a você que eu amo. Adeus!

E era a fada do Castelo, ela escondeu o rosto nas mãos e fugiu pela porta... Ele largou a caneta e se reclinou. Aí... ponto final, Finis. Ali estava o livro, todas as folhas que escrevera, nove meses de trabalho. Uma cálida onda de satisfação percorreu-o ante o seu trabalho terminado, e enquanto permanecia sentado ali, olhando para a janela através da qual o dia estava amanhecendo, houve uma pulsação em sua cabeça e seu espírito continuou trabalhando. Estava cheio de idéias e sentimentos, seu cérebro era como um jardim selvagem e maltratado, com neblina subindo do chão: de uma certa misteriosa maneira ele entrara num vale profundo e deserto onde não se via nenhuma coisa viva. Longe, só e esquecido, um órgão está tocando. Ele se aproxima, examina-o; o órgão está sangrando, o sangue jorra de um dos seus lados enquanto toca.

Mais adiante chega a um mercado. Tudo deserto, não se vê uma árvore, não se ouve um som, nada além de um mercado deserto. Mas na areia há marcas de sapatos e o ar parece ainda reter as últimas palavras proferidas no lugar, tão recentemente fora ele abandonado. Invade-o um estranho sentimento; essas palavras deixadas no ar sobre o mercado alarmam-no, elas se aproximam, comprimem-no. Afugenta-as e elas voltam; não são palavras, são velhos, um grupo de velhos dançando; vê-os agora. Por que estão eles dançando e por que não denotam a mínima alegria enquanto

60

dançam? Um ar frio sopra dessa companhia de velhos, eles não o vêem, são cegos, e quando os chama não o ouvem, estão mortos. Ele perambula rumo ao oriente, rumo ao sol, e chega a uma montanha. Uma voz grita: "Você está numa montanha?" "Sim", responde ele, "eu estou junto de uma montanha". Então a voz diz: "A montanha junto à qual você está é meu pé; eu estou deitado e amarrado na terra mais remota, venha e liberte-me! E assim ele se põe a caminho para a terra mais remota. Numa ponte acha-se um homem esperando por ele, coleta sombras; o homem é de almíscar. Invade-o um gélido terror à vista desse homem que quer tirar-lhe a sombra. Cospe nele e ameaça-o com os punhos cerrados; o homem não se mexe mas continua esperando por ele. Volte! grita uma voz atrás de si. Vira-se e vê uma cabeça rolando pela estrada e mostrando-lhe o caminho. É uma cabeça humana e de quando em quando ri tranqüila e silenciosamente. Ele a segue, rola durante dias e noites e ele a segue; à beira-mar enterra-se no chão e se esconde. Ele entra no mar e cava. Encontra-se diante de uma grande porta e vê um grande peixe que ladra. Tem uma crina nas costas e late como um cão. Atrás do peixe está Vitória. Estende as mãos para ela, ela está despida, ela ri e uma tempestade ruge entre os seus cabelos. Então ele a chama, ouve o seu próprio grito... e acorda.

Johannes levantou-se e caminhou para a janela. Era quase dia e no pequeno espelho da janela viu que suas têmporas estavam rubras. Apagou a lâmpada e à luz grisácea do dia leu uma vez mais a última página do seu livro. Então sentou-se. Na tarde do mesmo dia Johannes pagou o aluguel do quarto, entregou seu manuscrito e deixou a cidade. Partiu para o exterior, ninguém sabia para onde.

CAPÍTULO VI

O grande livro estava na rua, um reino, um pequeno mundo vibrante de humores, vozes e visões. Foi vendido, lido e posto de lado. Passaram-se alguns meses; quando o outono chegou, Johannes lançou um novo livro. E então? Seu nome apareceu instantaneamente nos lábios de todos, a fortuna acompanhava-o; este novo livro fora escrito muito longe, longe dos acontecimentos de casa e ainda era forte como o vinho:

"Caro leitor, esta é a história de Didrik e Iselin. Escrito na boa estação, nos dias das pequenas mágoas, quando tudo era fácil de suportar, escrito com a melhor intenção sobre Didrik, a quem Deus golpeou com o amor..."

Johannes estava num país estrangeiro, ninguém sabia onde. E mais de um ano se passou antes que alguém tivesse notícias dele.

— Acho que ouvi uma pancada, disse o velho Moleiro certa noite.

E sua mulher e ele permaneceram quietos, ou vindo.

— Não, não foi nada, disse ela após um momento.

— São dez horas, não tardará a anoitecer.

Passaram-se vários minutos.

Ouviu-se então uma pancada dura e decidida na porta, como se alguém tivesse tomado coragem para desferi-la. O Moleiro abriu. Do lado de fora achava-se a jovem Dama do Castelo.

— Não se alarmem, sou eu apenas, disse ela com um sorriso tímido. Entrou; ofereceram-lhe uma cadeira, mas ela não se sentou. Trazia apenas um xale sobre a cabeça e nos pés pequenos sapatos baixos, embora ainda não fosse primavera e as estradas não estivessem secas.

— Eu queria apenas dizer-lhes que o Tenente virá esta primavera, disse ela, o Tenente, sabem, meu noivo. E talvez ele cace galinholas por aqui. Achei que seria bom avisá-los, para que não se alarmassem.

O Moleiro e sua mulher olharam surpresos a jovem Dama. Nunca haviam sido informados antes quando chegariam visitas ao Castelo com a intenção de caçar nos bosques e campos. Agradeceram-lhe humildemente; quanta bondade a dela!

Vitória voltou para a porta.

— Era só o que eu queria. Pensei que como vocês são velhos não faria mal avisá-los.

O Moleiro respondeu:

— Muita bondade a sua, Miss. E agora a senhora molhou os seus sapatinhos.

— Não, a estrada está seca, tornou ela laconicamente.

— Eu estava dando mesmo uma volta por aqui. Boa noite.

— Boa noite.

Ergueu o trinco e saiu. Então se voltou na porta e perguntou:

— A propósito... Johannes, tiveram notícias dele?

— Não, nenhuma notícia, obrigado por perguntar. Nada.

— Suponho que ele não tardará a vir. Pensei que tivessem recebido alguma notícia.

— Não, não, desde a última primavera. Johannes está no estrangeiro, parece.

— Sim, no estrangeiro. Ele está bem, suponho. Escreveu num livro que se encontra nos tempos das pequenas mágoas. De modo que deve estar bem.

— Oh sim, oh sim, Deus é que sabe. Estamos esperando por ele.

— Talvez se sinta melhor lá onde está, já que suas mágoas são pequenas. Bem, essa é a questão. Eu queria apenas saber se ele virá aqui esta primavera. Boa noite de novo.

— Boa noite.

O Moleiro e sua mulher acompanharam-na até o lado de fora.

Viram-na voltar para o Castelo com a cabeça erguida, saltando as poças, com seus sapatos finos, na estrada lamacenta.

Um dia ou dois mais tarde, chegou uma carta de Johannes. Ele chegaria à casa em pouco menos de um mês, quando houvesse terminado outro novo livro. Tudo lhe corria bem desta vez, seu novo trabalho caminhava rapidamente, toda uma vida vinha surgindo através do seu cérebro...

O Moleiro dirigiu-se ao Castelo. No caminho encontrou um lenço marcado com as iniciais de Vitória; ela o havia deixado cair na tarde anterior.

Miss Vitória estava lá em cima, mas uma criada prontificou-se a levar-lhe o recado... De que se tratava?

O Moleiro agradeceu. Preferia esperar. Finalmente Vitória apareceu.

— Disseram-me que quer falar-me? disse ela, abrindo a porta do aposento.

O Moleiro entrou, passou-lhe o lenço e disse:

— Nós recebemos, uma carta de Johannes.

Um clarão iluminou o rosto de Vitória por um instante, um breve instante. Ela respondeu:

— Muitíssimo obrigada, sim, o lenço é meu.

— Ele vem para casa de novo, continuou o Moleiro, quase num sussurro.

Sua expressão esfriou.

— Fale, Moleiro. Quem é que vem?

— Johannes.

— Bem, e daí?

— Oh, ora... Pensamos que deveríamos dizer-lhe. Falamos sobre isso, minha mulher e eu, e ela também pensou o mesmo. A Senhora perguntou anteontem se ele viria para casa esta primavera. Sim, ele vem.

— Então estou certa de que vocês devem sentir-se contentes disse a jovem dama. — Quando chega ele?

— Dentro de um mês.

— Ah, sim. Bem, há alguma coisa mais?

— Não. Nós apenas achamos, como a Senhora perguntou... Não, não há nada mais. Era somente isto. O Moleiro baixara novamente o tom de voz. Ela saiu com ele. No corredor encontraram seu pai e ela lhe disse, ao passar, em voz alta em tom casual:

— O Moleiro disse-me que Johannes vem novamente para casa. Lembra-se de Johannes, não se lembra?

E o Moleiro atravessou o portão do Castelo e prometeu a si mesmo que nunca, nunca mais cometeria a tolice de ouvir a sua mulher quando ela metia o nariz em segredos. Ele lhe diria isso mesmo.

CAPÍTULO VII

Certa vez quisera fazer um caniço de pescar da fina sorveira junto do reservatório de água; agora muitos anos se haviam passado e a árvore tornara-se mais grossa do que o seu braço. Olhou-a com espanto e seguiu.

O impenetrável emaranhado de fetos ainda crescia ao longo do barranco do rio, toda uma floresta em cujo chão o gado havia aberto trilhos regulares sobre os quais os fetos se fechavam. Caminhava através do mato como nos dias da sua infância, nadando com as mãos e sentindo o chão com os pés. Insetos e coisas rastejantes fugiam diante do homem poderoso.

Lá em cima, na pedreira de granito, encontrou ameixas bravas, anêmonas e violetas. Colheu uma certa quantidade, seu perfume familiar recordou-lhe os dias idos. À distância, os cimos da montanha apareciam envoltos num halo purpurino e no extremo da baía o cuco estava começando a chamar.

Sentou-se; após um instante começou a cantarolar. Então ouviu passos no caminho embaixo.

Era ao entardecer, o sol estava baixo, mas o ar ainda vibrava com o calor. Uma paz infinita cobria a floresta, a montanha e a baía. Uma mulher estava subindo para a pedreira. Era Vitória. Trazia uma cesta.

Johannes levantou-se, curvou-se e fez menção de se afastar.

— Não quero perturbá-lo, disse ela. — Vim apanhar algumas flores.

Ele não respondeu. E nem sequer pensou que ela tinha todas as espécies de flores no seu jardim.

— Trouxe uma cesta para pôr as flores, continuou ela.

— Mas talvez eu não encontre nenhuma. Nós as queremos para uma festa, para a mesa. Vamos dar uma festa.

— Aqui há anêmonas e violetas, disse ele. — Lá, mais alto, geralmente há lúpulos. Mas talvez seja demasiado cedo, nesta época do ano, para encontrá-los.

— Você está mais pálido do que na última vez em que o vi, observou ela. — Isto foi há mais de dois anos. Você andou viajando, segundo soube. Li os seus livros.

Ele ainda não respondeu desta vez. Ocorreu-lhe que talvez pudesse dizer: "Bem, boa tarde, Miss Vitória", e partir. Do lugar em que ele se encontrava era apenas um passo até a próxima pedra e dali mais outro para ela, e então ele se poderia retirar quase com naturalidade. Ela se achava exatamente no seu caminho. Usava um vestido amarelo e um chapéu vermelho, estava extremamente bela; tinha o pescoço nu.

— Estou barrando o seu caminho, murmurou ele e desceu. Controlou-se para não demonstrar qualquer emoção.

Havia agora um passo entre eles. Ela não lhe abriu caminho, mas permaneceu quieta. Olharam-se um ao outro, na face. Súbito ela enrubesceu violentamente, baixou os olhos e se afastou para o lado; uma expressão irresoluta cobriu-lhe a fisionomia, mas ela sorriu.

Ele passou por ela e parou, seu sorriso triste havia-o tocado, seu coração voou de volta para ela e disse ao acaso:

— Bem, naturalmente você esteve muitas vezes na cidade, desde então? Desde aquela vez?... Agora eu sei onde costumava haver flores nos velhos tempos: no outeiro perto do seu mastro de bandeira.

Ela se voltou para ele e ele viu com surpresa que seu rosto se havia tornado pálido e agitado.

— Irá ver-nos esta noite? disse ela. — Irá à nossa festa? Vamos dar uma festa, continuou ela e seu rosto começou a enrubescer de novo. — Vão algumas pessoas da cidade. Será logo, mas eu o avisarei. Qual é a sua resposta?

Ele não respondeu. Não era festa para ele, seu lugar não era no Castelo.

— Você não deve dizer que não. Você não será incomodado, pensei a esse respeito e tenho uma surpresa para você. Pausa.

— Você não pode me surpreender mais, respondeu ele.

Ela mordeu o lábio. O sorriso desesperado atravessou-lhe a face de novo.

— Que quer você de mim? disse ela numa voz sem tom.

— Nada quero de você, Miss Vitória. Eu estava sentado aqui, numa pedra, e ofereci-lhe para sair.

— Oh, bem, eu estava em casa, sem nada que fazer, passei o dia inteiro lá e então vim para aqui. Poderia ter ido para o rio por outro caminho, assim não teria chegado exatamente aqui...

— Minha cara *Miss* Vitória, o lugar é seu, não meu.

— Fui injusta com você uma vez, Johannes; queria corrigir isso, pôr tudo direito. Tenho realmente uma surpresa que eu acho... quero dizer, que espero que lhe agradará. Não posso dizer mais. Mas pedir-lhe-ei que venha desta vez.

— Se isto lhe der algum prazer, eu irei.

— Irá?

— Sim; obrigado pela sua bondade.

Depois que ele desceu ao bosque, voltou-se e olhou para trás. Ela se havia sentado; a cesta jazia ao seu lado. Ele não foi para casa, mas continuou a passear de um lado para outro, na estrada. Mil pensamentos lutavam dentro dele. Uma surpresa? Era o que ela havia dito havia pouco, havia apenas um momento, e sua voz tremia. Uma alegria cálida e nervosa invadiu-o, fazendo seu coração pulsar violentamente e sentir-se levantado da estrada em que estava caminhando. E teria sido por mero acaso que ela estava vestida de amarelo hoje, novamente? Havia-lhe observado a mão onde houvera um anel... Ela não trazia anel.

Passou-se uma hora. O perfume do bosque e dos campos cercou-o, penetrou-lhe a respiração, entrou-lhe no coração. Sentou-se, recostou-se para trás com as mãos cruzadas na nuca e ouviu por um instante a canção do cuco no outro lado da baía. Ao redor dele o ar vibrava com a canção apaixonada dos pássaros.

Então acontecera outra vez! Quando ela foi até ele na pedreira em seu vestido amarelo e chapéu vermelho parecia uma borboleta errante que saltava de pedra em pedra e parara diante dele. Não quero perturbá-lo, dissera ela e sorrira; seu sorriso era rubro, tinha o rosto todo iluminado, espalhava estrelas à sua volta. Tinha delicadas veias azuis no pescoço e as poucas sardas sob os olhos davam um cálido matiz à sua pele. Estava no seu vigésimo ano.

Uma surpresa? Que pretenderia ela? Talvez lhe mostrasse os livros dele, indicando aqueles dois ou três volumes, para agradá-lo, mostrando-lhe que os havia comprado a todos e cortado suas folhas? Sim, é isso, uma pequena atenção, um pedacinho de caridade! Por favor, não despreze minha pobre contribuição!

Levantou-se impetuosamente e ficou imóvel. Vitória estava voltando, a cesta vazia.

— Não encontrou nenhuma flor? indagou ele abstraído.

— Não, desisti. Também não procurei por elas; fiquei apenas sentada, ali.

Ele disse:

— Enquanto não me esqueço: você não deve continuar pensando que me fez algum mal. Não é necessário que procure corrigir esse suposto mal com qualquer espécie de caridade.

— Não lhe fiz? respondeu ela, espantada. Refletiu um instante, olhou-o e ponderou: — Não lhe fiz? Eu pensei que naquela ocasião... Eu não queria que você continuasse a me guardar rancor pelo que aconteceu.

— Não, não lhe guardo rancor.

Ela tornou a refletir por um instante. Súbito fez um movimento com o pescoço.

— Então está bem, disse ela. — Bem, eu deveria saber. Naturalmente não lhe causou uma impressão tão profunda assim. Muito bem, então, não falaremos mais nisso.

— Adeus, disse ela. — Até o próximo encontro. — Adeus, respondeu ele.

Tomaram caminhos diferentes. Ele parou e voltou-se. Lá seguia ela. Ele estendeu as mãos e sussurrou palavras ternas para si mesmo: não lhe guardo rancor, oh, não, não lhe guardo; eu ainda a amo, eu a amo...

— Vitória! gritou ele.

Ela ouviu; sobressaltou-se e se virou, mas continuou a caminhar.

Passaram-se alguns dias. Johannes achava-se num estado de espírito profundamente perturbado e não podia trabalhar nem dormir; passava quase o dia todo nos bosques. Foi até o pinheiro do outeiro onde se achava o mastro do Castelo; a bandeira estava içada. Havia também uma bandeira drapejando na torre redonda do Castelo.

Invadiu-o uma estranha excitação. Chegariam visitantes ao Castelo. Haveria grandes feitos.

A tarde era tranqüila e cálida; o rio corria com impulso através da paisagem aquecida. Um vapor deslizava em direção à terra, deixando um leque de faixas brancas sobre a superfície da baía. Então quatro carruagens saíram do pátio do Castelo e tomaram a estrada que conduzia ao cais.

O barco atracou, algumas damas e cavalheiros desembarcaram e sentaram-se nas carruagens. Então ouviu-se uma série de tiros disparados do Castelo; dois homens achavam-se no topo da torre redonda com espingardas, carregando-as e disparando por turnos. Quando acabavam de disparar vinte e um tiros as carruagens atravessavam o portão e o fogo cessou. Naturalmente haveria grandes feitos no Castelo; as bandeiras e as saudações eram em honra dos visitantes. Nas carruagens havia alguns oficiais em uniforme; talvez Otto estivesse entre eles, o Tenente.

69

Johannes desceu do outeiro e encaminhou-se para a casa. Foi interrompido por um homem do Castelo que o fez parar. O homem tinha uma carta no chapéu, fora enviado por *Miss* Vitória e queria resposta.

Johannes leu a carta com o coração batendo. Vitória convidava-o apesar de tudo. Escrevia em termos cordiais e pedia-lhe que fosse. Aquele era o momento em que ela desejava que ele fosse. Resposta pelo mensageiro.

Uma estranha e inesperada alegria invadiu-o; o sangue subiu-lhe à cabeça e ele respondeu ao homem que iria; sim, obrigado, iria imediatamente.

Deu ao mensageiro uma gorjeta ridiculamente grande a apressou-se rumo à casa a fim de se vestir.

CAPÍTULO VIII

Pela primeira vez em sua vida atravessou a porta do Castelo e subiu a escada para o primeiro pavimento. De dentro vinha um zumbido de vozes; seu coração pulsava violentamente; ele bateu e entrou.

A Senhora do Castelo, ainda jovem, aproximou-se e recebeu-o de maneira amiga, apertando-lhe a mão. Muito contente em vê-lo; lembrava-se dele quando não era mais alto do que isso; agora era um grande homem... E parecia como se a Senhora diria mais, conservou sua mão nas dela bastante tempo e olhou-o perscrutadoramente.

Então aproximou-se o Senhor e lhe deu a mão. Como dissera sua mulher, um grande homem, em mais de um sentido. Um homem famoso, muito contente em vê-lo...

Foi apresentado a cavalheiros e damas, ao Tesoureiro que trazia suas condecorações, à Senhora do Camareiro, a um Proprietário vizinho, a Otto, o Tenente. Vitória ele não viu.

Passou-se algum tempo. Vitória entrou, pálida, na verdade hesitante; levava pela mão uma jovem. Deram a volta pelo salão, apertando mãos e dizendo algo a cada um. Pararam diante de Johannes.

Vitória sorriu e disse:

— Olhe, aqui está Camila, não é uma surpresa? Vocês se conhecem.

Ela ficou olhando para ambos, por um momento, depois saiu da sala.

No primeiro instante Johannes permaneceu imóvel, rijo, pasmo. Essa era a surpresa; Vitória fora suficientemente bondosa para arranjar-lhe uma substituta. Olhem aqui, vocês dois, tomem um ao outro! A Primavera está em pleno desabrochar, o sol brilha; abram as janelas se querem, pois o jardim está cheio do perfume das flores e os estorninhos brincam nos galhos das árvores. Por que não conversam? Riam, pelo amor de Deus!

— Sim, nós nos conhecemos, disse Camila francamente.

— Foi aqui que você me tirou da água naquela vez.

Ela era jovem e bonita, brilhante, trazia um vestido cor-de-rosa e estava no seu décimo sétimo ano. Johannes cerrou os dentes e riu e pilheriou. Pouco a pouco a alegre conversa dela realmente começou a despertá-lo; conversaram bastante tempo, o bater de seu coração serenou. Ela conservava o hábito encantador que tinha quando criança de inclinar a cabeça para o lado e ouvir,expectante, quando ele dizia alguma coisa. Reconheceu-a, ela não era uma surpresa.

Vitória entrou novamente; tomou o braço do Tenente, levou-o até Johannes:

— Você conhece Otto... meu noivo? Lembra-se dele, não se lembra?

Os homens lembravam-se um do outro. Disseram as palavras necessárias, fizeram as necessárias curvaturas e separaram-se. Johannes e Vitória ficaram sós. Ele disse:

— Era esta a surpresa?

— Sim, respondeu ela, preocupada e impaciente. — Fiz o melhor que pude, não sabia que mais fazer. Não seja irrazoável agora, você devia agradecer-me; pude ver que você estava contente.

— Obrigado. Sim, eu estava contente.

Um desespero irreparável dominou-o, sua face tornou-se pálida como a de um cadáver. Se alguma vez ela lhe fizera mal, fizera-lhe tanto bem agora que o curara. Estava sinceramente grato a ela.

— E noto que hoje você está com o seu anel, disse ele turvamente. — Cuidado para não tirá-lo outra vez.

Pausa.

— Não, agora estou certa de que não o tirarei mais, respondeu ela.

Olharam-se nos olhos. Os lábios dele estremeceram, indicou o Tenente com a cabeça e disse grosseira e rudemente:

— Tem gosto, Miss Vitória. É um homem elegante. Suas dragonas lhe dão ombros.

Ela lhe respondeu com muita calma:

— Não, ele não é elegante. Mas é um homem bem-educado. E isto significa alguma coisa.

— Isto foi comigo, obrigado! Ele riu alto e acrescentou com insolência: — E tem dinheiro no bolso; isto significa mais.

Ela afastou-se imediatamente.

Ele se pôs a caminhar de uma parede para a outra como um fora da lei. Camila falou-lhe, fez uma pergunta e ele não ouviu e não respondeu. Ela tornou a dizer algo, tocou-lhe o braço até e fez-lhe outra pergunta em vão.

— Oh, agora ele está perdido em seus pensamentos, exclamou ela com uma risada. — Está pensando, está pensando!

Vitória ouviu e respondeu:

— Ele quer estar só, afastou-me também. Mas súbito aproximou-se dele e disse em voz alta: — Espero que esteja pensando em alguma desculpa para dar-me. Não precisa preocupar-se com isso. Pelo contrário, eu é que lhe devo uma desculpa por haver mandado o meu convite tão tarde. Foi uma negligência séria da minha parte. Esqueci-o até o último momento, quase o esqueci por completo. Mas espero que me perdoe, pois eu tinha tanta coisa em que pensar.

Ele a encarou sem fala; até mesmo Camila olhava de um para o outro e parecia espantada. Vitória achava-se diante dele com sua face fria e pálida e parecia satisfeita. Tivera a sua vingança.

— Agora você pode ver os nossos jovens, disse ela a Camila. — Não devemos esperar muito deles. Lá está o meu noivo sentado e conversando sobre caçadas de alce e aqui está o poeta mergulhado em pensamentos... Diga alguma coisa, poeta!

Ele teve um sobressalto; as veias de suas têmporas inflamaram-se.

— Muito bem. Quer que eu diga alguma coisa? Muito bem.

— Oh, não, se é preciso tanto esforço.

Ela já estava se afastando.

— Para ir direto ao ponto, disse ele lentamente, sorrindo mas com um tremor na voz, para começar exatamente no meio... esteve apaixonada ultimamente, *Miss* Vitória?

Por alguns segundos houve um silêncio mortal; todos os três podiam ouvir o pulsar de seus corações. Camila atalhou timidamente:

— Naturalmente Vitória está apaixonada pelo seu noivo. Ela acaba de se comprometer, você não sabia?

As portas da sala de jantar abriram-se de par em par.

Johannes encontrou o seu lugar e ficou de pé junto dele. A mesa inteira oscilava diante de seus olhos, viu uma multidão de gente e ouviu um zumbido de vozes.

— Sim, está certo, é esse o seu lugar, disse bondosamente a anfitriã. — Se todos tivessem a bondade de sentar-se.

— Desculpe-me! disse Vitória de súbito atrás dele. Ele se afastou um passo.

Ela tomou o seu cartão e mudou-o para vários lugares além, sete lugares além, ao lado de um velho que outrora fora preceptor no Castelo e do qual se dizia que bebia. Trouxe de volta outro cartão e sentou-se.

A anfitriã, muito perturbada, achou algo que fazer no outro lado da mesa e evitou olhá-lo. Sua confusão tornou-se ainda pior do que antes e ele se retirou confuso para o seu lugar. Seu primeiro assento estava ocupado por um dos amigos de Ditlef, da cidade, um jovem com botões de diamante na camisa. À sua esquerda sentava-se Vitória, à sua direita Camila.

E o jantar começou.

O velho preceptor lembrava-se de Johannes quando menino e iniciou-se uma conversação entre eles. Disse que também escrevera poesia nos seus tempos de moço, conservava seus manuscritos, Johannes poderia lê-los algum dia. Agora haviam-no mandado chamar para esta grande ocasião, a fim de que pudesse participar da alegria da família com o compromisso de Vitória. O Senhor e a Senhora do Castelo haviam-lhe dado aquela surpresa em razão de sua velha amizade.

— Não li nada de você, disse ele. — Leio a mim mesmo, quando quero ler alguma coisa; tenho uma gaveta cheia de poemas e histórias. Devem ser publicadas quando eu estiver morto; afinal de contas, eu gostaria que o público soubesse que espécie de homem eu fui. Ah, sim, nós que somos um tanto mais velhos na arte, não temos tanta pressa de aparecer em letra de fôrma, como os de hoje. À sua saúde!

O jantar chegava ao fim. O Senhor tomou o seu copo e ergueu-se. Sua face magra e aristocrática estava viva de emoção e dava a impressão de sentir-se muito feliz. Johannes baixou a cabeça. Não havia nada em seu copo e ninguém lhe deu nada; ele próprio o encheu até às bordas e curvou-se de novo. Seria agora!

O discurso foi longo e eloqüente e foi recebido com exclamações alegres; o compromisso foi anunciado. De todas as partes da mesa jorraram votos de felicidade para a filha do Castelo e o filho do Camareiro.

Johannes esvaziou o seu copo.

Alguns minutos depois sua agitação se desvaneceu, voltou-lhe a calma; a champanha deslizava suavemente através de suas veias. Ouviu que o Camareiro também fizera um discurso e que houve mais bravos e hurras e tinir de copos. Uma vez olhou para o lugar de Vitória; ela estava pálida e parecia triste; ela não ergueu a cabeça. Mas Camila acenou-lhe e sorríu e ele correspondeu ao aceno.

O preceptor ao seu lado continuava falando:

— É uma boa coisa, é uma boa coisa quando dois jovens se unem. Isto não sucedeu comigo. Eu era um jovem estudante, boas perspectivas, grandes dons, meu pai tinha um nome antigo, um grande lar, riqueza, muitos navios. De modo que eu posso dizer que tinha *muito* boas perspectivas. Ela também era jovem e pertencia ao melhor grupo. Fui até ela e abri-lhe meu coração. *Não,* respondeu. Você pode compreendê-la? Não, ela não queria, disse. De modo que fiz o que pude, continuei o meu trabalho e enfrentei a situação como homem. Depois vieram os maus tempos do meu pai, naufrágios, obrigações... Para encurtar a história, ele foi à falência. Que fiz eu então? Enfrentei tudo, como homem, de novo. E agora ela positivamente não mudaria, a moça de que estou falando. Ela voltou, procurou-me na cidade. Que desejaria ela comigo? você pode perguntar. Eu era um homem pobre, tinha um emprego medíocre como professor, todas as minhas perspectivas se haviam desvanecido e meus poemas eram atirados numa gaveta... e agora ela veio e disse sim. Disse sim!

O preceptor olhou para Johannes e perguntou: — Você pode compreendê-la?

— Mas então foi o senhor que não quis?

— Eu podia, pergunto-lhe? Limpo, despojado, com um emprego de professor, uma dose de fumo para os domingos... Que é que está pensando? Não poderia fazer-lhe tamanho mal. Mas tudo quanto digo é: pode você compreendê-la?

— E que aconteceu com ela depois?

— Bom Deus, você não respondeu à minha pergunta! Casou-se com um capitão. Isto foi no ano seguinte. Um capitão de artilharia. À sua saúde!

Johannes disse:

— Dizem que há algumas mulheres que estão sempre à procura de um objeto para a sua compaixão. Se o homem está indo bem elas o odeiam e consideram-se supérfluas; se as coisas se viram contra ele, e começa a decair, correm para perto e dizem: aqui estou.

— Mas por que não me aceitou ela nos bons tempos? Eu tinha o futuro de um pequeno deus.

— Deus é que sabe. Ela queria esperar até que o senhor tivesse caído.

— Mas eu não caí. Nunca. Conservei meu orgulho e mandei-a tratar de seus negócios. Que diz a isso?

Johannes nada disse.

— Mas talvez você tenha razão, tornou o velho preceptor. — Sim, por Deus e por todos os seus anjos, o que você diz está certo, exclamou subitamente excitado e tomou outro gole. — Ela casou-se finalmente com um velho capitão; cuida dele, corta-lhe a carne e é a dona da casa. Um capitão de artilharia.

Johannes ergueu a cabeça. Vitória estava com o copo na mão olhando em sua direção. Levantou o copo bem alto. Ele sentiu um choque em todo o seu ser e tomou também o seu copo. Sua mão tremeu.

Então ela chamou em voz alta o seu vizinho e riu; fora o nome do preceptor que ela chamara.

Johannes pousou o seu copo, humilhado, e ficou com um sorriso embaraçado no rosto. Todos haviam olhado para ele.

O velho preceptor ficou comovido até às lágrimas por essa amável atenção de sua aluna. Apressou-se em esvaziar o copo.

— E aqui estou eu, um velho, continuou ele, aqui estou eu, vagando pela terra, só e desconhecido. Esse foi o meu quinhão. Ninguém sabe o que há em mim; mas ninguém jamais me ouviu resmungar. Como é isso?... Você conhece a pomba rola? Não é a pomba rola essa criatura melancólica, que torna lamacenta a alegre e brilhante água, antes de bebê-la?

— Eu não sei.

— Não, ouso dizer que não. Mas é. E eu faço o mesmo. Eu não tive aquela que deveria ter tido; mas também não me privei das alegrias de tudo isso. Só que eu as torno lamacentas. Em toda ocasião eu remexo a lama. Então não posso ser esmagado pelo meu desapontamento posterior. Aí vê você Vitória. Bebeu comigo há pouco. Fui seu preceptor; agora ela se casará e eu estou contente com isso. Isto me dá um senso de felicidade puramente pessoal, como se fosse minha própria filha. Agora talvez eu venha a ser preceptor de seus filhos. Oh, sim, há realmente um grande número de alegrias na vida. Mas o que você disse sobre compaixão e mulher e o homem decadente... Quanto mais eu penso nisso, maior razão lhe dou. Sim, Deus sabe que você... Perdoe-me um momento.

Levantou-se, tomou o seu copo e encaminhou-se para Vitória. Já estava um tanto inseguro nas pernas e cambaleou bastante.

Mais discursos foram feitos, o Tenente fez um, o Proprietário vizinho dirigiu o brinde às senhoras, à Senhora da casa. Súbito o jovem dos botões de diamante levantou-se e proferiu o nome de Johannes. Tivera permissão para o que estava fazendo, desejava saudar o jovem poeta em nome dos moços. Suas palavras foram as mais cordiais, uma bondosa expressão do agradecimento dos contemporâneos, plena de apreciação e admiração.

Johannes mal acreditava em seu próprio ouvido.

Murmurou para o preceptor:

— É de mim que ele está falando?

O preceptor respondeu:

— Sim. Ele se antecipou a mim. Eu próprio queria fazê-lo; Vitória pediu-me que o fizesse, algumas horas antes.

— Quem lhe pediu? disse o senhor?

O preceptor encarou-o:

— Ninguém, disse ele.

Durante o discurso todos os olhos estavam voltados para Johannes. Até mesmo o Senhor lhe acenou, e a Senhora do Tesoureiro pôs os óculos e o olhou. Terminado o discurso, todos beberam.

— Responda-lhe agora, disse o preceptor. Ele se levantou e lhe fez esse discurso. Deveria ter cabido a alguém que fosse mais antigo na arte. Ademais, não concordo absolutamente com ele. Absolutamente.

Johannes olhou por cima da mesa para Vitória. Fora ela quem fizera o jovem dos botões de diamante falar; por que o fizera? Primeiro havia encarregado outro, bem cedo naquele dia o tivera em seus pensamentos; por quê? Agora ela estava sentada com os olhos baixos e nenhum músculo de sua face a traía.

Súbito os olhos dele se turvaram com uma profunda e violenta emoção, poderia ter se atirado aos pés dela e agradecido, agradecido a ela. Fá-lo-ia mais tarde, depois do jantar.

Camila conversava à direita e à esquerda e toda a sua face sorria. Ela estava contente, seus dezessete anos não lhe haviam trazido senão felicidade. Acenava repetidamente para Johannes e fazia-lhe sinais para que se levantasse.

Ele se levantou. Falou brevemente, sua voz soava profunda e perturbada: Nesta ocasião, quando a casa estava celebrando um acontecimento alegre, ele também — que se achava inteiramente fora do círculo — fora arrancado de sua obscuridade. Desejava agradecer a quem originara aquela amável sugestão e ao orador que lhe havia dirigido tão agradáveis palavras. Mas ao mesmo tempo não podia deixar de apreciar a bondade com que toda a companhia tinha ouvido o louvor... ao forasteiro. A única qualidade que possuía para estar presente naquela ocasião era a de ser o filho de um vizinho do Castelo...

— Sim! gritou Vitória de súbito, com os olhos chamejantes.

Todos a encararam. Suas faces estavam rubras e o peito arfava. Johannes emudeceu. Seguiu-se um silêncio penoso.

— Vitória! disse o seu pai, surpreso.

— Continue! gritou ela de novo. — Esta é a sua única qualidade; mas continue!

O brilho de seus olhos extinguiu-se abruptamente, ela começou a sorrir, desamparada, e sacudiu a cabeça. Então voltou-se para o pai e disse:

— Eu quis apenas exagerar as coisas. O senhor vê, ele próprio as está exagerando. Não, eu não interromperei...

Johannes ouviu essa explicação e encontrou um caminho para sair da dificuldade; seu coração batia audivelmente. Notou que a mãe de Vitória a olhava com lágrimas nos olhos e com infinita indulgência.

Sim, ele havia exagerado, disse; *Miss* Vitória tinha razão. Ela fora muito bondosa em recordar-lhe que não era apenas o filho do vizinho, mas também o companheiro de brinquedos das crianças do Castelo, e era a esta última circunstância que devia sua presença ali. Agradecia-lhe, era isso. Pertencia ao lugar, os bosques do Castelo haviam sido o seu mundo, além deles surgia a terra desconhecida, o país de fadas. Mas naqueles dias ele recebia com freqüência uma mensagem de Ditlef e Vitória, pedindo-lhe que fosse reunir-se a eles numa excursão ou num jogo... Esses eram os grandes acontecimentos de sua infância. Mais tarde, quando pensava nisso, era forçado a reconhecer que aquelas horas haviam tido uma significação em sua vida que ninguém conhecia, que se era verdade — como tinham acabado de ouvir — que os seus escritos possuíam às vezes uma certa *chama,* era porque a memória daqueles tempos a acendia; era o reflexo daquela felicidade que seus dois companheiros lhe haviam proporcionado na infância. Por conseguinte, eles tinham um grande quinhão no que produzira. Aos votos gerais de felicidade na ocasião do noivado, ele acrescentaria portanto seus agradecimentos pessoais a ambas as crianças do Castelo pelos bons anos da infância, quando nem o tempo nem as coisas se interpunham entre eles, o alegre e curto dia de verão...

Um discurso, uma regular tentativa de discurso. Não fora divertida, mas não se saíra tão mal, a companhia bebeu, continuou comendo e retomou a conversação. Ditlef observou secamente a sua mãe:

— Eu nunca soube que fui realmente eu quem escreveu os livros dele, hem? Hem?

Mas sua mãe não riu. Bebeu com os seus filhos e disse:

— Agradeçam-lhe, agradeçam-lhe. Foi muito fácil de compreender, quando ele era um menino tão solitário... Que vai fazer, Vitória?

— Vou mandar-lhe pela criada este ramo de lilases como agradecimento. Posso?

— Não, respondeu o Tenente.

Depois do jantar a companhia espalhou-se pelos aposentos, pelo grande balcão e até mesmo pelo jardim. Johannes desceu ao pavimento térreo e entrou na sala do jardim. Não estava vazia, havia dois homens fumando, o Proprietário e um outro, e falavam em voz baixa sobre as finanças do Senhor. Suas terras estavam abandonadas, cobertas de mato, as cercas caídas, a madeira chocantemente escassa; dizia-se que tivera dificuldades até em pagar os seguros espantosamente altos sobre os prédios e seus pertences.

— Por quanto está segurada a propriedade?

O Proprietário mencionou a soma, uma soma colossal.

Pois a questão de dinheiro nunca era considerada no Castelo, as somas ali eram sempre grandes. Quanto custaria um jantar como aquele, por exemplo? Mas agora, de acordo com todos os cálculos, o fundo havia sido atingido, até mesmo a famosa caixa de jóias da anfitriã, de maneira que o dinheiro do genro teria que tornar a encher os cofres.

— Quanto vale ele, na sua opinião? — Oh, não há cálculo que chegue.

Johannes tornou a levantar-se e saiu para o jardim.

Os lilases estavam em flor, uma onda fragrante de orelhas-de-urso, narcisos, jasmins e lírios do vale envolveu-o. Achou um canto junto da parede e sentou-se numa pedra; um arbusto ocultava-o de todos os olhares. Sentia-se esgotado pela emoção, totalmente exausto, e sua percepção embotada; pensou em levantar-se e ir para casa, mas continuou sentado numa apatia espessa. Ouviu então um murmúrio na alameda, alguém estava chegando; reconheceu a voz de Vitória. Susteve a respiração e esperou um momento; então vislumbrou o uniforme do Tenente através das folhas. Os noivos estavam passeando juntos.

— Não me parece, dizia ele, que isto se sustente de pé. Você ouve o que ele diz, fica suspensa de cada palavra do seu discurso e depois grita. Que significa tudo isso?

Ela parou e ficou diante dele em toda a sua altura. — Você quer saber? perguntou ela.

— Sim.

Ela permaneceu em silêncio.

— A mim pouco importa se isto nada significa, prosseguiu ele. — Se é assim não precisa dizer-me. Ela capitulou de novo.

— Não, não significa nada, respondeu.

Puseram-se a caminhar novamente. O Tenente ergueu nervosamente suas dragonas e disse em voz alta:

— Ele faria melhor em ter cuidado ou poderá sentir a mão de um oficial nos seus ouvidos.

Seguiram em direção à casa de verão.

Johannes permaneceu sentado na pedra por algum tempo, na mesma mágoa entorpecida de antes. Tudo se lhe estava tornando indiferente. O Tenente resolvera suspeitar dele e sua noiva começou imediatamente a defender-se. Ela dissera o que tinha de ser dito, acalmou o coração do oficial e continuou a passear com ele. E os estorninhos tagarelavam nos ramos sobre as suas cabeças. Muito bem. Que Deus lhes desse uma longa vida... Ele lhes fizera um discurso ao jantar e despedaçara o próprio coração; custara-lhe muito parecer bem e cobrir sua insolente interrupção e ela não lhe agradecera por havê-lo feito. Ela tomara o copo e bebera. À sua boa saúde, olhe-me e veja quão distintamente eu bebo... A propósito, você deve sempre olhar uma mulher pelo lado, quando ela está bebendo. Deixe-a beber uma taça, um copo, o que você quiser, mas olhe-a pelo lado. É chocante ver o ar que ela toma. Enruga a boca e mergulha a sua extremidade na bebida e fica desesperada se você lhe observa a mão enquanto está bebendo. Você não deve, em nenhuma circunstância, olhar para uma mão de mulher. Ela não pode suportá-lo, ela capitula. Começa imediatamente a puxar a mão, a pousá-la cada vez mais elegantemente, sempre com o objetivo de esconder uma ruga, uma deformidade dos dedos ou uma unha maltratada. Finalmente ela não pode suportar por mais tempo e pergunta, inteiramente fora de si: que é que está olhando? Ela o beijara uma vez, uma vez, certo verão. Fora há tanto tempo, Deus sabia se era realmente verdade: Como foi isso? Não estavam eles sentados num banco? Conversaram muito tempo e quando partiram ele se aproximou tanto dela que lhe tocou o braço. Numa escada ela o beijara. Eu o amo, dissera... Agora que tinham passado, talvez ainda estivessem sentados na casa de verão. O Tenente lhe daria um tapa nas orelhas, dissera. Ouvira-o nitidamente, não estava adormecido, contudo não se levantara e aparecera. Uma mão de oficial, dissera. Oh, bem, isto não lhe importava...

Levantou-se da pedra e foi atrás deles, à casa de verão. Estava vazia. Na varanda da casa achava-se Camila chamando por ele: venha, há café na sala do jardim. Ele a seguiu. Os noivos estavam sentados na sala do jardim; várias outras pessoas também se achavam ali. Tomou o seu café, retirou-se e encontrou um lugar.

Camila começou a falar-lhe. Seu rosto estava tão brilhante e seus olhos pareciam-lhe tão francos que ele não pôde resistir; falou também, respondeu às suas perguntas e riu. Onde estivera? No jardim? Que história! Ora, ela o havia procurado no jardim e não conseguira encontrá-lo. Oh, não, ele não estivera no jardim.

— Ele estava no jardim, Vitória? perguntou ela. Vitória respondeu:

— Não, eu não o vi.

O Tenente atirou-lhe um olhar de irritação e para dar uma lição à sua noiva, chamou o Proprietário numa inútil voz alta:

— Não me disse que permitirá que eu o acompanhe na caçada?

— Sim, naturalmente, respondeu o Proprietário.

— Será bem-vindo.

O Tenente olhou para Vitória. Ela nada disse e continuou sentada como antes, não fazendo nenhuma tentativa de impedi-lo de reunir-se ao grupo de caça do Proprietário. Sua fisionomia ensombreceu-se cada vez mais, alisou nervosamente o bigode.

Camila dirigiu outra pergunta a Vitória.

Então o Tenente levantou-se, apressado, e disse ao Proprietário:

—Então muito bem. Irei com você esta noite. Imediatamente.

Com isso saiu da sala.

O Proprietário e alguns outros seguiram-no. Houve uma curta pausa.

Súbito a porta se abriu e o Tenente entrou de novo. Estava grandemente excitado.

— Esqueceu alguma coisa? perguntou Vitória levantando-se.

Ele dançou junto à porta, como incapaz de permanecer imóvel e depois dirigiu-se diretamente a Johannes e deu-lhe um tapa, com a mão, como que ao passar. Depois disso correu de volta à porta e dançou de novo.

— Olhe aqui, homem, você me atingiu no olho, disse Johannes com um riso cavo.

— Está enganado, respondeu o Tenente, eu lhe dei um tapa na orelha. Compreende? Compreende?

Johannes tirou o lenço, enxugou o olho e disse:

— Você não o fez por querer. Você sabe que eu posso dobrá-lo e pô-lo no meu bolso.

E ao dizê-lo levantou-se.

Então o Tenente abriu rápido a porta e saiu.

— Eu fiz por querer! gritou. — Eu fiz porque quis, seu palhaço!

E bateu com a porta.

Johannes tornou a sentar-se.

Vitória ainda estava de pé, perto do meio da sala. Olhava-o, pálida como um cadáver.

— Ele lhe bateu? perguntou Camila com grande espanto.

— Por acidente. Atingiu-me no olho. Você quer ver?

— Quero. Está todo vermelho, está sangrando. Não, não esfregue. Deixe-me banhá-lo com água. Seu lenço é demasiado grosso. Olhe aqui, guarde-o; usarei o meu. Mas que coisa, bem no olho!

Vitória também tirou o seu lenço. Em seguida foi lentamente até a porta de vidro e ali ficou, de costas para a sala, olhando para fora. Estava rasgando o seu lenço em pequenas tiras. Poucos minutos depois abriu a porta e saiu tranqüilamente da sala, sem dizer uma palavra.

CAPÍTULO IX

Camila foi a pé até o moinho, franca e jovial. Estava só. Entrou diretamente no pequeno aposento e disse com um sorriso:

— Desculpem-me por não haver batido. O rio faz tanto barulho que eu pensei que não valeria a pena. Olhou ao seu redor e exclamou: — Como isto aqui é bonito, encantador! Onde está Johannes? Eu conheço Johannes. Como está o seu olho?

Puxou uma cadeira e sentou-se.

Foram chamar Johannes. Seu olho estava ferido e congestionado.

— Vim por minha própria vontade, disse Camila logo que o viu. — Eu queria vir até aqui. Você deve continuar pondo água fria no seu olho.

— Estou bem, respondeu ele. — Mas, que Deus a abençoe; o que a trouxe aqui? Gostaria de ver o moinho? Obrigado por ter vindo! Passou o braço ao redor do busto de sua mãe, trouxe-a para a frente e disse: — Esta é minha mãe.

Foram ao moinho. O velho Moleiro tirou o gorro com uma curvatura e disse algo; Camila não ouviu suas palavras, mas sorriu-lhe e disse ao acaso:

— Obrigada, obrigada. Sim, eu gostaria muito de ver isso.

O ruído assustava-a, ela segurava a mão de Johannes e olhava para os dois homens com os seus grandes olhos atentos, à espera de que dissessem alguma coisa. Parecia uma pessoa surda. Todos os eixos e engrenagens do moinho enchiam-na de espanto, ela riu, sacudiu a mão de Johannes em sua excitação e apontava para todas as direções. Pararam o moinho e puseram-no a funcionar novamente, para que ela pudesse ver como era.

Bastante tempo depois de haver saído do moinho, Camila continuou falando comicamente em voz alta, como se o ruído ainda continuasse em seu ouvido.

Johannes acompanhou-a de volta ao Castelo.

— Imagine que coisa, o atrevimento dele em golpear você no olho! disse ela. — Mas ele foi embora imediatamente, saiu com o Proprietário para ir caçar. Foi uma coisa tremendamente desagradável. Vitória não pregou o olho a noite toda, ela me disse.

— Então ela dormirá bem esta noite, respondeu ele. — Quando é que você pensa voltar para a sua casa?

— Amanhã. Quando é que você vai à cidade?

— No outono. Quer encontrar-se comigo esta tarde?

Ela exclamou:

— Oh, sim! Você me falou da caverna; precisa mostrar-me.

— Irei buscá-la, disse ele.

A caminho de casa, sentou-se durante longo tempo numa pedra e refletiu. Uma idéia cálida e feliz iluminara-lhe o espírito.

À tarde rumou para o Castelo, parou do lado de fora e mandou um recado a Camila. Enquanto estava esperando, Vitória apareceu por um instante numa das janelas do primeiro pavimento; olhou-o, virou-se e desapareceu no interior do aposento.

Camila saiu e ele a levou à pedreira e à caverna. Sentia-se num estado de espírito desacostumadamente calmo, a jovem divertia-o, sua conversa leve, jovial, adejava ao redor dele como pequenas bênçãos. Hoje os bons espíritos estavam perto...

— Lembro-me, Camila, que você certa vez me deu uma espada. Tinha uma bainha de prata. Guardei-a numa caixa com uma quantidade de outras coisas, pois não tinha como usá-la.

— Não, você não tinha como usá-la. Mas então?

— Bem, você vê, perdi-a.

— Oh, sim, isto foi mau. Mas talvez eu consiga arranjar uma outra igual. Tentarei.

Dirigiram-se para casa.

— E você se lembra do grande medalhão que me deu uma vez? Era de ouro espesso e pesado e tinha moldura. Você escreveu algumas palavras bondosas nele.

— Sim, lembro-me.

— No ano passado, quando eu estava no estrangeiro, dei esse medalhão, Camila.

— Oh, não, você o deu? Imagine, dar o medalhão! Por que o deu?

— Foi a um amigo meu que dei como lembrança. Era um russo. Ele caiu de joelhos e me agradeceu.

— Ficou tão contente assim? Oh, estou certa de que ele deve ter ficado terrivelmente contente, para cair de joelhos! Você terá um outro medalhão para guardar para si mesmo.

Tinham chegado à estrada que passa entre o moinho e o Castelo.

Johannes parou e disse:

— Aqui, junto destas moitas, aconteceu-me uma coisa certa vez. Eu estava caminhando uma noite, como costumo fazer em minha solidão, era verão e o tempo estava ótimo. Deitei-me atrás dessas moitas e perdi-me em meus pensamentos. Então duas pessoas aproximaram-se tranqüilamente, caminhando ao longo da estrada. A moça parou. Seu companheiro perguntou: por que você parou? E como não obtivesse resposta, indagou de novo: aconteceu alguma coisa? Não, respondeu ela; mas você não me deve olhar assim. Eu apenas olhei para você, disse ele. Sim, respondeu ela, eu sei muito bem que você me ama, mas papai não o permitirá, você compreende? É impossível. Ele murmurou: sim, eu suponho que é impossível. Então ela disse: você é tão forte aqui, perto da mão; você tem uns punhos tão largos! E então ela segurou-lhe o pulso.

— Bem, que aconteceu? perguntou Camila.

— Não sei, redargüiu Johannes. — Por que ela falou daquela maneira sobre os pulsos dele?

— Talvez fossem bonitos. E ele tinha uma camisa branca envolvendo-os... Oh, naturalmente eu sei porquê. Espero que ela também gostasse dele.

— Camila! disse ele. — Se eu gostasse muito de você e esperasse alguns anos, eu apenas peço... Numa palavra, não sou digno de você; mas você acha que será minha algum dia, se eu a pedir no próximo ano ou dentro de dois anos?

Pausa.

Camila de súbito enrubesceu intensamente, embaraçada, torceu sua figura delgada dessa maneira e daquela e apertou as mãos. Ele passou-lhe o braço pela cintura e perguntou:

— Acha que poderá algum dia? Acha?

— Sim, respondeu ela e caiu em seus braços.

No dia seguinte viu-a no cais. Beijou-lhe as mãozinhas

com a sua expressão infantil e inocente e estava cheio de agradecimento e alegria.

Vitória não estava ali.

— Por que ninguém veio com você?

Camila disse-lhe com o olhar assustado que o Castelo se encontrava na mais terrível perturbação. Chegaram telegramas pela manhã e o Senhor ficara pálido como a morte, o velho Camareiro e sua mulher gritaram de dor... Otto havia sido morto enquanto caçava na noite anterior.

Johannes agarrou o braço de Camila.

— Morto? O Tenente?

— Sim. Estavam a caminho com o seu corpo. É terrível.

Puseram-se a caminhar, perdidos em seus próprios pensamentos, e só despertaram à vista do povo no cais e ao som das ordens gritadas do navio. Camila deu-lhe, envergonhada, a sua mão; ele a beijou e disse:

— Bem, bem, eu não sou digno de você, Camila, não, em nenhum sentido. Mas serei tão bom para você quanto possível, se você for minha.

— Serei sua. Eu sempre quis ser sua, sempre.

— Partirei também dentro de alguns dias, disse ele. — Em uma semana tornarei a vê-la.

Ela estava a bordo. Ele acenou-lhe, continuou acenando enquanto pôde vê-la. Ao voltar-se para ir para casa, viu Vitória atrás dele; ela também sacudia o seu lenço no ar e acenava para Camila.

— Cheguei tarde demais, disse ela.

Ele não respondeu. Que iria dizer? Apresentar suas condolências pela perda que tivera? congratular-se com ela? apertar-lhe a mão? Sua voz estava tão apática e seu rosto revelava tamanha tristeza, uma experiência trágica o havia marcado.

As pessoas iam deixando o cais.

— Seu olho ainda está vermelho, disse ela ao começar a caminhar. Olhou ao seu redor à procura dele. Ele continuava parado.

Então, de repente, ela se voltou e avançou para ele. — Otto está morto, disse ela numa voz dura e seus olhos chamejavam. — Não diga uma palavra, você é tão superior. Ele era cem mil vezes melhor do que você, está ouvindo? Sabe por que morreu? Foi atingido por um tiro, toda a sua cabeça foi despedaçada, toda a sua tola cabecinha. Ele era cem mil...

Explodiu em soluços e começou a caminhar em direção à sua casa, com largos e desesperados passos.

Naquela tarde houve uma pancada na porta do Moleiro; Johannes abriu-a e olhou para fora; ali estava Vitória e chamou-o. Ele a seguiu. Ela lhe agarrou impetuosamente a mão e guiou-o para a estrada; sua mão estava fria como o gelo.

— Sente-se, não quer? disse ele. — Sente-se e descanse um pouco. Você está exausta.

Sentaram-se.

Ela murmurou:

— Que pensará você de mim, nunca o deixando em paz?

— Você se sente muito infeliz, disse ele. — Agora deve obedecer-me e acalmar-se, Vitória. Posso ajudá-la de algum modo?

— Pelo amor de Deus, você deve perdoar o que eu disse hoje. — Sim, sou muito infeliz, tenho sido infeliz há muitos anos. Eu disse que ele era cem mil vezes melhor do que você; isto não é verdade, perdoe-me! Ele está morto e era meu noivo, isto é tudo. Você acha que foi por minha livre vontade? Johannes, está vendo isto? É o meu anel de noivado, foi-me dado há muito tempo... muito, muito tempo; agora atiro-o fora... Atiro-o fora! (E ela atirou o seu anel no bosque; ambos ouviram-no cair). Papai é que deveria tê-lo. Papai é pobre, está completamente empobrecido e Otto teria muito dinheiro algum dia. Você tem que fazê-lo, disse-me papai. Não quero, respondi. Pense em seus pais, disse ele, pense no Castelo, nosso velho nome, minha honra. Bem, então, eu o farei, respondi; espere três anos e então eu aceitarei. Papai agradeceu-me e esperou, Otto esperou, todos esperaram; mas deram-me imediatamente o anel. Passou-se então longo tempo e eu vi que não havia salvação para mim. Para que esperarmos mais tempo, tragam meu marido, disse eu a papai. Deus a abençoe, tornou ele e me agradeceu de novo pelo que eu iria fazer. Então Otto chegou. Não fui buscá-lo no cais, fiquei na minha janela e vi-o chegar. Corri então para mamãe e ajoelhei-me diante dela. Que se está passando, minha filha? perguntou ela. Não posso, disse-lhe; não, eu não posso casar-me com ele; ele chegou, está esperando lá embaixo; mas façamos um seguro de minha vida e então eu me perderei na baía ou na queda d'água, será melhor para mim. Mamãe ficou pálida como a morte e soluçou junto de mim. Papai chegou. Agora então, minha querida Vitória, você deve descer e recebê-lo, disse ele. Não posso, não posso, respondi e repeti o que havia dito, que ele se apiedasse de mim e fizesse um seguro de minha vida. Papai não respondeu palavra, mas sentou-se numa cadeira e começou a tremer com os seus pensamentos. Quando vi isso, disse-lhe: traga o meu marido; eu o receberei.

Vitória emudeceu. Estava tremendo. Johannes tomou-lhe a outra mão e apertou-a.

— Obrigada, disse ela. — Johannes, seja bom para mim, segure com firmeza a minha mão. Faça-me essa bondade! Oh, como você está com as mãos quentes! Sou-lhe tão grata. Mas deve perdoar-me o que eu disse no cais.

— Sim, isto está esquecido há muito. Quer que eu lhe vá buscar um xale?

— Não, obrigada. Mas não posso compreender por que estou tremendo, minha cabeça está tão quente. Johannes, tenho que pedir-lhe perdão por tanta...

— Não, não, não faça isso. Vamos, agora você está mais calma. Sente-se quieta.

— Você me fez um discurso no jantar. Eu não percebi nada desde que você se levantou até que tornou a sentar-se; eu simplesmente ouvia a sua voz. Era como um órgão e eu

90

estava desesperada ante o poder que tinha sobre mim. Papai perguntou-me por que eu gritei e o interrompi; lamentou muito aquilo. Mas mamãe não me perguntou, ela compreendeu. Eu havia contado tudo a mamãe, há muitos anos que lhe contei e há dois anos tornei a contar-lhe, quando voltei da cidade. Foi na ocasião em que me encontrei com você.

— Não falemos nisso.

— Não, mas perdoe-me, ouça, seja misericordioso!

Que farei eu neste mundo? Agora está papai em casa, caminhando de um lado para o outro em seu gabinete, foi uma coisa terrível para ele. Amanhã é domingo, ele decidiu que todos os criados sejam dispensados; foi a única coisa que decidiu hoje. Está com o rosto cor de cinza e não diz uma palavra, tão dura para ele foi a morte de seu genro. Eu disse a mamãe que vinha procurá-lo. Você e eu devemos ir à cidade com os Tesoureiros amanhã, respondeu ela. Eu vou procurar Johannes, repeti. Papai não pode conseguir dinheiro para nós três, ele ficará aqui, disse ela e continuou falando sobre outras coisas. Então fui até a porta. Mamãe olhou-me. Agora vou procurá-lo, disse eu pela última vez. Mamãe seguiu-me até a porta beijou-me e disse: bem, bem, Deus os abençoe a ambos!

Johannes largou-lhe as mãos e disse:

— Vamos, agora você está aquecida.

— Muitíssimo obrigada. Sim, agora eu estou totalmente aquecida... Deus os abençoe a ambos, disse ela. Contei tudo a mamãe, ela sempre soube de tudo. Mas, de quem é que você está apaixonada, menina? perguntou ela. Pode perguntar-me isso de novo? respondi eu; é a Johannes que eu amo, somente a ele amei em toda a minha vida, amei, amei...

Ele fez um movimento.

— É tarde. Não acha que estarão ansiosos por você, em casa?

— Não, respondeu ela. — Você sabe que é a você que eu amo, Johannes, você deve tê-lo visto! Tenho ansiado tanto por você todos esses anos, ninguém sabe quanto. Tenho caminhado ao longo da estrada, aqui, e pensado sozinha, agora caminharei um pouco pelo bosque, ao lado da estrada, pois é ali que *ele* costumava ir. E era o que eu fazia. No dia em que soube que você chegou pus um vestido leve, amarelo claro, estava doente de excitação e de saudade e caminhei sem parar por todos os quartos. Como você está radiante hoje! disse mamãe. Eu dizia para mim mesmo sem parar: agora ele volta para casa! Ele é glorioso e agora voltou, ambas essas coisas são verdadeiras! No dia seguinte eu não podia suportar por mais tempo. Pus novamente o meu vestido leve e fui à pedreira à sua procura. Lembra-se? Encontrei-o, também, mas, não colhi nenhuma flor, como disse que tinha ido fazer. Não foi para isso que fui. Você não se alegrou por tornar a ver-me; mas obrigada de qualquer modo por havê-lo encontrado. Tinha sido há três anos. Você estava com um galho na mão e sentava-se brandindo-o quando eu cheguei. Depois que você se foi, apanhei o galho, escondi-o e levei-o para casa comigo...

— Sim, mas, Vitória, disse ele numa voz trêmula, você não deve continuar dizendo-me essas coisas.

— Não, respondeu ela, inquieta, segurando-lhe a mão. Não, não devo. Não, você não gosta disso, vejo.

Ela começou a bater-lhe na mão nervosamente. Não, eu não posso esperá-lo também. E ademais, magoei-o muito. Não acha que poderá perdoar-me com o tempo?

— Sim, sim, tudo. Não é isso.

— Que é então?

Pausa.

— Estou comprometido, respondeu ele.

CAPÍTULO X

No dia seguinte — domingo — o Senhor do Castelo foi pessoalmente ao Moleiro e pediu-lhe que se dirigisse à casa cerca do meio-dia e conduzisse o corpo do Tenente Otto ao vapor. O Moleiro não compreendia e ficou a olhá-lo; mas o Senhor explicou laconicamente que todos os seus homens estavam de folga e tinham ido à Igreja, nenhum dos seus criados se achava em casa.

O Senhor não devia ter dormido naquela noite, parecia um morto e ademais não estava barbeado. Mas balançava a sua bengala do modo costumeiro e se mantinha ereto.

O Moleiro vestiu o seu melhor casaco e foi. Depois de atrelar os cavalos, o próprio Senhor deu-lhe uma mão para pôr o corpo na carruagem. Tudo foi feito quietamente, quase secretamente, não havia ninguém para olhar.

O Moleiro dirigiu-se ao cais. Atrás dele seguiam o Camareiro e sua Senhora, além da Senhora do Castelo e Vitória. Estavam todos a pé. O Senhor ficou sozinho nos degraus fazendo repetidos gestos de adeus; o vento agitava seus cabelos grisalhos.

Quando o corpo foi transportado para bordo os acompanhantes seguiram. Da amurada a Senhora do Castelo gritou ao Moleiro que dissesse adeus ao Senhor em nome dela e Vitória pediu-lhe o mesmo.

Então o navio se afastou. O Moleiro ficou longos instantes a observá-lo. Soprava uma brisa forte e a baía estava agitada; passou-se um quarto de hora antes de o barco desaparecer atrás das ilhas. O Moleiro rumou para casa.

Pôs os cavalos no estábulo, deu-lhes de comer e resolveu ir transmitir a mensagem que tinha para o Senhor. A porta da cozinha, contudo, estava trancada. Rodeou a casa e tentou entrar pela porta da frente; também estava trancada. É hora do jantar e o Senhor está adormecido, pensou ele. Mas como fosse um homem correto e desejasse desincumbir-se da missão que lhe deram, dirigiu-se ao vestíbulo dos criados à procura de alguém a quem pudesse dar os seus recados. No vestíbulo dos criados não havia viva alma. Saiu de novo, olhou à sua volta e tentou mesmo abrir o quarto das criadas. Não havia ninguém ali. Toda a propriedade estava deserta.

Ia sair de novo quando viu a luz de uma vela na adega do Castelo. Parou. Através das pequenas janelas gradeadas viu claramente um homem entrar na adega com uma vela numa das mãos e uma cadeira forrada de seda vermelha na outra. Era o Senhor. Estava barbeado e vestido como para uma grande ocasião. Talvez eu possa bater na janela e transmitir-lhe a mensagem da Senhora, pensou o Moleiro, mas permaneceu imóvel.

O Senhor olhou ao seu redor, levantou a vela e olhou à sua volta. Empurrou para diante um saco que parecia cheio de feno ou palha e encostou-o na porta de entrada. Em seguida derramou um líquido sobre o saco, tirando-o de uma lata. Depois disso trouxe caixas, palha e uma estante velha até a porta e derramou um pouco do líquido sobre elas; o Moleiro notou que, ao fazê-lo, ele tomava cuidado para não sujar os dedos ou as suas roupas. Tomou do pequeno cabo da vela, colocou-o no topo do saco e cercou-o cuidadosamente de palha. Então o Senhor sentou-se na cadeira.

O Moleiro olhava para todos aqueles preparativos com espanto crescente, seus olhos estavam colados à janela da adega e uma negra suspeita invadiu-lhe a alma. O Senhor permanecia sentado tranqüilamente em sua cadeira e observava a vela consumir-se pouco a pouco; mantinha as mãos cruzadas. O Moleiro viu-o sacudir um grão de pó da manga do seu casaco e cruzar novamente os braços.

Então o aterrorizado Moleiro deu um grito.

O Senhor voltou a cabeça e olhou pela janela. Súbito saltou e aproximou-se da janela onde ficou a olhar para fora. Era um rosto no qual todo um mundo de sofrimento estava refletido. Tinha a boca estranhamente distorcida, sacudiu ambos os punhos cerrados na janela, numa silenciosa ameaça; afinal ameaçou apenas com uma das mãos e à medida que atravessava o chão da adega. Ao deixar-se cair na cadeira a vela tombou. No mesmo instante ergueu-se uma enorme labareda.

O Moleiro gritou e correu. Por um momento disparou pelo pátio quase insano e sem saber o que fazer. Correu à janela da adega, quebrou o vidro e gritou; então abaixou-se, agarrou as barras de ferro e sacudiu-as, dobrou-as, arrancou-as.

Ouviu então uma voz, da adega, uma voz sem palavras, um gemido, como de um morto no chão; soou duas vezes e o Moleiro fugiu aterrorizado da janela, através do pátio, rumo à sua casa. Não se atreveu a olhar para trás.

— Quando, minutos depois, ele e Johannes voltaram, todo o Castelo, a grande e velha casa de madeira, estava em chamas. Tinham aparecido também dois homens do cais; mas também nada puderam fazer. Tudo foi destruído.

Mas os lábios do Moleiro estavam silenciosos como o túmulo.

CAPÍTULO XI

Perguntem a alguns que é o amor e será nada mais que uma brisa murmurando entre as rosas e se desvanecendo depois. Mas também é muitas vezes como um selo inviolável que dura a vida inteira, dura até a morte. Deus criou muitas espécies dele e viu-as durar ou perecer:

Duas mães caminham ao longo de uma estrada e conversam. Uma delas veste alegres trajes azuis porque o seu amor voltou de uma viagem. A outra está de luto. Tinha três filhas, duas belas morenas, a terceira loura, e a loura morreu. Isto foi há dez anos, dez longos anos, e ainda a mãe está de luto por ela.

— É um dia tão glorioso! exclama a mãe de azul, exultante, e bate as mãos. — O calor sobe-me à cabeça, o amor subiu-me à cabeça, estou cheia de felicidade. Poderia arrancar as roupas e ficar nua aqui na estrada e estender meus braços ao sol e mandar-lhe beijos.

Mas a mãe de negro está silenciosa e não sorri nem responde.

— Você ainda está chorando a sua filhinha? pergunta a de azul na inocência de seu coração. — Já não se passaram dez anos desde que ela morreu?

A de negro responde:

— Sim. Ela teria quinze anos agora.

Então a de azul diz para consolá-la:

— Mas você tem outras filhas vivas, tem mais duas. A de negro soluça:

— Sim. Mas nenhuma delas é loura. A que morreu era tão loura e brilhante.

E as duas mães separam-se e seguem seus diferentes caminhos, cada uma com seu amor... Porém as mesmas duas filhas morenas têm também, cada uma o seu amor, e elas amavam o mesmo homem.

Ele foi à mais velha e disse:

— Quero pedir o seu conselho, pois amo a sua irmã. Ontem fui-lhe falso, ela surpreendeu-me beijando a sua criada no corredor; deu um pequeno grito, foi como um soluço, e seguiu. Que devo fazer agora? Eu amo sua irmã; pelo amor de Deus fale com ela e ajude-me!

E a irmã mais velha empalideceu e levou a mão ao coração; mas ela sorriu como se o houvesse abençoado e respondeu:

— Eu o ajudarei.

No dia seguinte ele foi à mais moça e atirou-se aos joelhos dela e confessou-lhe seu amor.

Ela olhou-o e respondeu:

— Infelizmente só posso dispor de dez xelins, se é isto que você quer dizer. Mas procure minha irmã, ela tem mais.

E com isso o deixou, erguendo altivamente a cabeça.

Mas quando chegou ao seu quarto atirou-se ao chão e torceu as mãos; de amor.

Era inverno e as ruas estavam frias, com nevoeiro, poeira e vento. Johannes voltara à cidade, ao seu velho quarto onde ouvia o raspar dos álamos contra a parede de madeira e da janela do qual saudara mais de uma vez o amanhecer do dia. Agora o sol havia desaparecido.

Seu trabalho ocupava-lhe o tempo todo, as grandes folhas que enchera, aumentando e aumentando à medida que o inverno fluía. Era uma série de histórias de fadas, da terra da sua infância, uma interminável noite num crepúsculo carmesim.

Mas os dias não eram todos iguais, tivera-os bons e maus, e às vezes, quando o seu trabalho ia melhor, um pensamento, um par de olhos, uma palavra do passado, atingiam-no e cortavam imediatamente sua inspiração. Então ele se levantava e começava a caminhar pelo quarto, de uma parede a outra; fizera-o tantas vezes que abrira uma trilha branca no assoalho, uma trilha que a cada dia se tornava mais branca...

"Hoje, como não posso trabalhar, não posso pensar, as lembranças não me deixam descansar, vou tratar de descrever o que me aconteceu certa noite. Caro leitor, hoje eu tive um dia terrivelmente mau. Está nevando lá fora. Não há quase ninguém nas ruas, tudo está triste e a minha alma está tão terrivelmente desolada. Andei caminhando pela rua e depois horas seguidas no meu quarto e tentei recompor-me um pouco; mas agora é tarde e eu não me sinto melhor. Eu que deveria estar quente, estou frio e pálido como um dia sem sol. Caro leitor, neste estado penso descrever uma noite brilhante e emocionante. Pois o trabalho força a calma sobre mim e quando se passarem mais algumas horas talvez eu esteja feliz de novo..."

Ouviu-se uma pancada na porta e Camila Seier, sua jovem noiva secreta, entrou. Ele depositou a pena e se levantou. Ambos sorriram ao apertarem as mãos um do outro.

— Você não me pergunta sobre o baile, disse ela imediatamente, atirando-se numa cadeira. — Dancei todas as danças simples. Durou até as três horas. Dancei com Richmond.

— Obrigado por ter vindo, Camila. Estou tão miseravelmente deprimido e você está tão alegre; isto me ajudará. Imagine, e que vestia você no baile?

— Vermelho, naturalmente. Oh, querido, não posso lembrar, mas devo ter falado muito e rido bastante. Foi tão alegre. Sim, eu estava de vermelho, sem mangas, nem um pedacinho delas. Richmond está na Legação em Londres.

— Ah, sim.

— Sua família é inglesa, mas ele nasceu aqui. Que andou você fazendo com os seus olhos? Estão tão vermelhos. Andou chorando?

— Não, respondeu ele com uma risada. — Mas andei olhando as minhas histórias e há muito sol nelas. Camila, se você quer ser uma moça realmente boa, não rasgue mais aquele papel.

— Oh, sim, como sou distraída. Desculpe-me, Johannes.

— Não importa. São apenas algumas notas. Mas ouçamos agora: suponho que você levava uma rosa nos cabelos?

— Oh, sim! Uma rosa vermelha; era quase negra.

Digo-lhe, Johannes, que devemos passar a nossa lua de mel em Londres. Não é tão feio como dizem, toda essa tolice sobre o "fog".

— Quem lhe disse isso?

— Richmond. Disse-me ontem à noite e ele sabe. Você conhece Richmond, não conhece?

— Não, não o conheço. Uma vez ele brindou à minha saúde; tinha botões de diamante na camisa. É tudo quanto recordo dele.

— Ele é simplesmente adorável. Oh, quando se aproximou, curvou-se e disse: creio que não se lembra de mim... Você sabe, dei-lhe a rosa.

— Deu-lhe? Que rosa?

— A que tinha nos cabelos. Dei-a a ele.

— Você deve ter ficado muito impressionada com Richmond.

Ela enrubesceu e protestou ardorosamente:

— Absolutamente, longe disso. Decerto pode-se gostar de uma pessoa, achá-la agradável, sem... Francamente,

98

Johannes, você está louco? Nunca mais tornarei a mencionar o nome dele.

— Mas, por favor, minha querida Camila, eu não quis dizer... você não deve pensar... pelo contrário, eu gostaria de agradecer-lhe por haver entretido você.

— Sim, quero vê-lo fazer isso — se se atreve! De minha parte nunca mais dirigirei a palavra a ele enquanto estiver viva.

Pausa.

— Bem, bem, não falemos mais no assunto, disse ele.

— Você já vai?

— Sim, não posso demorar-me mais. Adiantou bastante o seu trabalho agora? Mamãe perguntou-me a respeito. Imagine, não via Vitória há várias semanas e acabei de encontrá-la agora.

— Agora?

— Quando vinha para cá. Ela sorriu. Mas, por Deus, como está mudada! Olhe aqui, você não irá visitar-nos em breve?

— Sim, breve, respondeu ele, erguendo-se. Todo o seu rosto ruborizou-se. — Talvez dentro de um ou dois dias. Tenho que escrever algo primeiro, acabei de pensar nisso, uma conclusão para as minhas histórias. Oh, escreverei algo, digo-lhe eu! Imagine o mundo visto de cima, como uma rara e esplêndida túnica pontifícia. As pessoas caminham pelas suas dobras, caminham aos pares, é ao entardecer, tudo calmo, a hora do amor. Intitulá-lo-ei "A Corrida". Creio que será grande; tive esta visão tantas vezes e de cada vez senti como se meu peito se romperia céu poderia abraçar a terra. Lá estão, homens e mulheres, animais e pássaros, e todos eles têm a sua hora de amor, Camila. Uma onda de êxtase está à mão, seus olhos tornam-se mais ardentes, seus peitos ofegam. Então um fino rubor ergue-se da terra; é o rubor da pudicícia de todos os seus corações nus e a noite se mancha de um róseo acentuado. Mas longe, no fundo, repousam as grandes montanhas adormecidas; elas nada viram, nada ouviram. E pela manhã Deus lança sobre tudo o seu cálido sol. "A Corrida", é o título.

— Compreendo.

— Sim. Então eu irei quando tiver terminado isso. Obrigado por ter vindo aqui, Camila. E não pense mais no que eu lhe disse. Eu não quis de modo algum magoá-la.

— Não estou pensando nisso, absolutamente. Mas nunca mais tornarei à mencionar o nome dele. Nunca.

Na manhã seguinte Camila tornou a aparecer. Estava pálida e num estado de excitação pouco habitual.

— Que há com você? perguntou ele.

— Comigo? Nada, respondeu ela, rapidamente. É de você que eu gosto. Você não deve realmente pensar que há alguma coisa comigo e que eu não gosto de você. Não, agora eu lhe direi o que estive pensando: nós não iremos a Londres. Que podemos querer lá? Ele não podia saber do que estava falando, aquele homem, há mais "fog" do que ele pensa. Você está me olhando, por que está me olhando? Eu não mencionei o nome dele. Um grande contador de histórias, encheu-me de mentiras; nós não iremos a Londres.

Ele a olhou, examinou-a atentamente.

— Não, nós não iremos a Londres, disse ele, pensativo.

— Muito bem! Está combinado. Escreveu alguma coisa sobre "A Corrida"? Estou tão terrivelmente interessada. Você deve terminá-la rapidamente e ir ver-nos, Johannes. A hora do amor, não é isso? E uma adorável túnica papal que se dobra e uma noite rósea; céus, como me lembro bem do que você me falou. Não tenho vindo freqüentemente aqui, nestes últimos tempos, mas agora virei todos os dias para saber se você já terminou.

— Terminarei em breve, disse ele, examinando-a ainda.

— Hoje apanhei os seus livros e levei-os para o meu quarto. Queria lê-los de novo; não me cansarei absolutamente, estou ansiosa por relê-los. Olhe aqui, Johannes, você deve ir ver-me lá em casa; eu não sei se há segurança para mim por essas ruas. Eu não sei.

Talvez haja alguém esperando por mim lá fora. Alguém caminhando de um lado para o outro, talvez... Súbito ela explodiu em lágrimas e balbuciou: — Chamei-o contador de histórias, eu não pretendia dizer isso. Lamento havê-lo dito. Ele não me contou mentiras, pelo contrário, esteve o tempo todo... Receberemos a visita de alguns amigos na terça-feira, mas ele não irá, porém *você* deve ir, está ouvindo? Você promete? Mas de qualquer modo não quero dizer nada de mal a respeito dele. Não sei o que você pensa de mim...

Ele respondeu:

— Estou começando a compreendê-la.

Ela atirou-se ao seu pescoço, escondeu o rosto em seu peito, trêmula de agitação.

— Oh, mas eu gosto tanto de você também, exclamou ela. — Você não deve pensar outra coisa. Eu não amo apenas a ele, a coisa não está tão má assim. Quando você me pediu o ano passado, fiquei tão contente; mas agora ele apareceu. Eu não compreendo. É tão terrível de minha parte, Johannes? Talvez eu ame a ele um pouquinho mais do que a você; não posso impedi-lo, isto me dominou. Oh, querido, há várias noites que eu não durmo, desde que o vi, e amo-o cada vez mais. Que vou fazer? Você é bem mais velho, você deve dizer-me. Ele me acompanhou até aqui, está lá fora esperando para levar-me novamente para casa e agora talvez esteja sentindo frio. Você me despreza, Johannes? Eu não o beijei. Não o beijei, você deve crer em mim; eu apenas lhe dei a minha rosa. Por que não responde, Johannes? Você precisa dizer-me o que devo fazer, pois não posso suportar isso por mais tempo.

Johannes permanecia imóvel, ouvindo-a. Disse:

— Nada tenho a responder.

— Obrigada, obrigada, querido Johannes, é tão bom de sua parte não ser rude comigo, disse ela, enxugando as lágrimas. — Mas não deve pensar que eu não gosto também de você. Céus, virei vê-lo com muito mais freqüência do que tenho feito e farei tudo que você quiser. Mas a única coisa é que eu gosto mais dele. Não foi ação minha. Não é minha culpa.

Ele se levantou em silêncio, pôs o chapéu e disse: — Vamos?

Desceram a escada.

Lá fora estava Richmond. Era um jovem moreno, de olhos castanhos que faiscavam de mocidade e vida.

A neve tinha-lhe colorido as faces.

— Está com frio? disse Camila voando para ele. Sua voz tremia de emoção. Súbito ela voltou correndo para Johannes, tomou-lhe o braço e disse:

— Perdoe por não haver perguntado se *você* está com frio. Você não pôs o seu sobretudo. Quer que eu vá buscá-lo? Não? Bem, então abotoe o paletó.

Ela abotoou o paletó dele.

Johannes estendeu a mão a Richmond. Achava-se num estado de espírito estranhamente ausente, como se o que estava acontecendo não se referisse a ele.

Deu um meio sorriso incerto e murmurou:

— Satisfação por tornar a vê-lo.

Richmond não denotava qualquer sinal de culpa ou de dissimulação. Ao apertar-lhe a mão o prazer do reconhecimento iluminou-lhe o rosto. Fez uma curvatura polida.

— Vi um dos seus livros no outro dia, numa vitrina de Londres, disse ele. — Foi traduzido. Senti-me tão alegre por vê-lo ali, como uma mensagem de casa.

Camila interpôs-se entre eles e olhou-os, um de cada vez. Finalmente ela disse:

— Então você irá na terça-feira, Johannes. Oh, desculpe-me por pensar apenas em meus negócios, acrescentou ela com um sorriso. Mas no momento seguinte arrependeu-se e se voltou para Richmond, pedindo-lhe que fosse também. Ele encontraria apenas gente que conhecia, Vitória e sua mãe tinham sido convidadas, além delas apenas umas doze pessoas iriam.

Súbito Johannes parou e disse:

— Afinal de contas eu posso voltar.

— Vê-lo-ei na terça-feira, respondeu Camila. Richmond tomou-lhe a mão e apertou-a sinceramente.

E assim os dois jovens seguiram o seu caminho, sós e felizes.

CAPÍTULO XII

A mãe vestida de azul estava no mais terrível *suspense;* esperava a cada momento um sinal do jardim e a costa não estava livre, ninguém podia atravessá-la enquanto seu marido não deixasse a casa. Ah, aquele marido, aquele marido, com os seus quarenta anos e sua cabeça calva! Que pensamentos sinistros seriam aqueles que o faziam tão pálido naquela tarde e o conservavam sentado em sua cadeira, imóvel, inexoravelmente olhando o seu jornal?

Ela não tinha um minuto de paz; agora eram onze horas. Tinha posto as crianças na cama há muito tempo; mas o marido não se mexia. E se o sinal se ouvisse? A porta seria aberta com o pequenino trinco — e dois homens se encontrariam, face a face, e olhariam um nos olhos do outro! Ela não se atrevia a concluir o pensamento.

Afastou-se para o canto mais escuro do aposento, torceu as mãos e finalmente exclamou:

— Agora são onze horas. Se você vai ao clube, deve ir agora.

Ele se levantou imediatamente, ainda mais pálido que antes, e saiu do aposento, saiu da casa.

No jardim parou e ouviu um assobio, um pequeno sinal. Soaram passos na areia, uma chave foi posta na fechadura e virada — um momento depois surgiram duas sombras na persiana da sala de estar.

E ele reconheceu o sinal, os passos e as duas sombras na persiana, nada disso era novo para ele.

Foi para o clube. Estava aberto, havia luz nas janelas; mas ele não entrou. Durante meia hora perambulou pelas ruas e diante do seu jardim, uma interminável meia hora. Esperarei mais um quarto de hora, pensou ele, e prolongou a espera para três quartos de hora. Então entrou no jardim, subiu os degraus e bateu na sua própria porta.

A criada veio, abriu a porta, pôs a cabeça para fora e disse:

— Madame já...

Então ela se interrompeu ao ver quem era.

— Eu sei, foi para a cama, respondeu ele. — Diga a sua patroa que o marido dela já chegou.

E a criada foi. Ela bateu na porta do quarto de sua patroa e transmitiu a mensagem através da porta fechada:

— Vim dizer que o Senhor já voltou.

A patroa perguntou de dentro:

— Que diz você, seu patrão voltou? Quem lhe mandou dizer isso?

— O próprio patrão. Ele está lá fora.

Ouviram-se sons aflitos no quarto da Senhora, sussurros apressados, uma porta que se abriu e se fechou de novo. Depois tudo ficou quieto.

E o Senhor entra. Sua esposa recebe-o com a morte no coração.

— O clube estava fechado, diz ele imediatamente, por piedade e compaixão. — Mandei-lhe um recado para não alarmá-la.

Ela cai na cadeira, confortada, aliviada, salva. O abençoado sentimento faz com que seu coração bondoso transborde e ela mostra-se solícita com o marido:

— Você está tão pálido. Há alguma coisa com você, querido?

— Não estou resfriado, responde ele.

— Mas aconteceu alguma coisa? Você está com a fisionomia tão transtornada.

O marido responde:

— Não, estou sorrindo. Minha maneira de sorrir passou a ser esta. Quero que este esgar seja minha propriedade especial.

Ela ouve suas palavras curtas, roucas, e não as compreende, não lhes capta o sentido. Que quer dizer ele?

Mas súbito ele atira os braços ao redor dela, num amplexo de ferro, com força terrível, e murmura bem junto de seu rosto:

— Que me diz se déssemos um par de chifres... ao homem que acaba de sair... dar-lhe um par de chifres, hem?

Ela solta um grito e chama a criada. Ele deixa-a afastar-se com um riso tranqüilo, seco, a boca aberta e batendo em ambas as coxas.

Pela manhã, o bondoso coração da mulher está novamente elevado e ela diz ao marido:

— Você teve um ataque extraordinário a noite passada; agora já passou, mas você ainda está pálido hoje.

— Sim, retruca ele, é duro ser espirituoso na minha idade. Nunca mais tornarei a fazê-lo.

Mas, depois de haver falado das muitas espécies de Amor, Frei Vendt fala de ainda outra espécie e diz:

Que êxtase há em *uma* espécie de Amor!

Os jovens Senhor e Senhora acabam de chegar a casa, sua longa viagem de núpcias estava no fim e instalaram-se para repousar.

Uma estrela cadente tombou sobre o seu teto. No verão o jovem casal passeava junto e nunca saíam um do lado do outro. Colhiam flores, amarelas, vermelhas e azuis, e davam-nas um ao outro; viam a relva ondular ao vento e ouviam os pássaros cantando nos bosques, e cada palavra que proferiam era como uma carícia. No inverno conduziam a carruagem com campainhas nos cavalos e o céu era azul e alto acima deles, as estrelas desfilavam em suas eternas planícies.

Assim se passaram muitos, muitos anos. O jovem casal teve três filhos e seus corações amavam um ao outro como no primeiro dia, no primeiro beijo.

Então o altivo Senhor caiu doente, da doença que o encadeou à cama por tanto tempo e submeteu a paciência de sua mulher a uma dura prova. No dia em que ficou bom e se levantou da cama, não se reconheceu mais; a doença tinha-o desfigurado e levara-lhe os cabelos.

Ele sofria e se pôs a meditar sobre isso. Então, certa manhã, disse:

— Agora você não pode mais me amar.

Mas sua mulher envolveu-o nos braços, enrubescendo, e beijou-o tão apaixonadamente como na primavera de sua juventude e respondeu:

— Eu o amo, amo-o ainda. Nunca esquecerei que foi a mim e não a outra que você escolheu e fez tão feliz.

E ela entrou em seu quarto, cortou todos os seus louros cabelos, para ficar igual ao marido que amava.

E novamente muitos, muitos anos se passaram, o jovem casal estava agora velho e seus filhos haviam crescido. Partilhavam todas as venturas, como antes; no verão ainda passeavam nos campos e viam a relva ondulante e no inverno envolviam-se em peles e dirigiam sua carruagem sob o céu estrelado. E seus corações continuavam cálidos e alegres, como sob o efeito de um vinho maravilhoso.

A Senhora ficou paralítica. A velha Senhora não podia andar, tinha de ser empurrada numa cadeira de rodas e o próprio Senhor a levava. Mas a Senhora sofria tão indizivelmente com a sua infelicidade e sua fisionomia estava profundamente transtornada pela mágoa.

Então ela disse um dia:

— Agora eu morreria com satisfação. Sou tão impotente e feia e seu rosto é tão belo, você não pode mais me beijar e não pode mais amar-me como costumava.

Mas o Senhor abraçou-a, rubro de emoção, e respondeu:

— Amo-a mais, mais do que à minha vida, minha querida, amo-a como no primeiro dia, na primeira hora, quando você me deu a rosa. Lembra-se? Você me deu a rosa e me olhou com os seus belos olhos; o perfume da rosa era igual ao seu, você ficou tão rubra quanto a rosa e todos os meus sentidos se intoxicaram. Porém agora eu a amo ainda mais, você está mais bela do que em sua juventude e meu coração lhe agradece e a abençoa, por todos os dias em que você foi minha.

O Senhor entrou no quarto, atirou ácido em seu rosto para desfigurá-lo, e disse à sua mulher:

— Tive a infelicidade de deixar cair um pouco de ácido em meu rosto, minhas faces estão cobertas de queimaduras e agora você não pode mais me amar?

— Oh, meu noivo, meu amado! balbuciou a velha mulher, beijando-lhe as mãos. — Você é mais belo do que qualquer homem na terra, sua voz inflama-me o coração mesmo hoje e eu o amo até à morte.

CAPÍTULO XIII

Johannes encontrou Camila na rua; ela estava com a sua mãe, seu pai e o jovem Richmond; pararam a carruagem e falaram-lhe em tom cordial.

Camila agarrou-lhe o braço e disse:

— Você não veio à nossa festa. Divertimo-nos muito, posso dizer-lhe; esperamos você até o fim, mas você não veio.

— Fui impedido, redargüiu ele.

— Desculpe-me por não ter ido vê-lo desde então, continuou ela. — Irei num desses dias, sem falta, quando Richmond tiver partido. Oh, como nos divertimos! Vitória se sentiu mal, foi levada para casa, ouviu? Vou vê-la agora. Espero que esteja bem melhor, talvez inteiramente bem. Dei a Richmond um medalhão, quase igual ao seu. Olhe aqui, Johannes, você tem de prometer-me que cuidará da sua estufa; quando você está escrevendo esquece de tudo e seu quarto fica frio como o gelo. Deve tocar chamando a criada.

— Sim, tocarei chamando a criada, respondeu ele.

A Senhora Seier falou-lhe também, perguntou sobre o seu trabalho, aquela peça sobre "A Corrida", como estava indo? Estava esperando ansiosamente o seu próximo livro.

Johannes deu as respostas necessárias, fez uma curvatura profunda e ficou vendo a carruagem afastar-se.

Quão pouco lhe interessava tudo aquilo, a carruagem, aquela gente, a conversa! Uma sensação fria e vazia dominou-o e perseguiu-o durante todo o percurso até à casa. Em frente à sua porta um homem caminhava para cima e para baixo, um velho conhecido, o antigo Preceptor do Castelo. Johannes saudou-o.

Vestia um sobretudo comprido e grosso, cuidadosamente escovado, e ele ostentava um ar animado e decidido.

— Aqui está vendo o seu amigo e colega, disse ele. — Dê-me sua mão, jovem. Deus tem guiado meus passos maravilhosamente, desde a última vez em que nos encontramos; estou casado, tenho um lar, um pequeno jardim, uma esposa. O tempo dos milagres ainda não passou. Tem algo a dizer sobre a minha última observação?

Johannes olhou-o com surpresa.

— Concorde, então. Sim, você vê, eu dava aulas ao filho dela. Ela tem um filho, um jovem promissor, de seu primeiro casamento; naturalmente ela se havia casado antes, era viúva. Você vê, casei-me com uma viúva. Pode objetar que isto não foi arranjado pela fada minha madrinha; mas aí está, casei-me com uma viúva. O jovem promissor ela já o tinha. Foi assim, vou lá, olho para o jardim e para a viúva e por alguns instantes fico absorto em intensos pensamentos sobre o assunto. Súbito compreendo e digo a mim mesmo: bem, ouso dizer que isto não foi prometido pela fada sua madrinha e tudo o mais; mas de qualquer modo eu o farei, eu o tomarei, pois provavelmente está escrito no livro do destino. Você vê, foi assim que aconteceu.

— Minhas congratulações! disse Johannes.

— Pare! Nem mais uma palavra. Sei o que irá dizer. E que me diz da primeira, dirá você, esqueceu o eterno amor de sua juventude? É exatamente o que você dirá. Posso então perguntar-lhe, meu bom senhor, por minha vez, que foi do meu primeiro, único e eterno amor? Não se casou ela com um capitão de artilharia? Ademais far-lhe-ei uma outra perguntazinha: você já soube, alguma vez, do caso de um homem ter aquela que deveria ter tido? Eu, não. Há uma lenda sobre um homem cujas preces Deus ouviu, sobre esse particular, de modo que lhe foi dado o seu primeiro e único amor. Mas ele não teve muita satisfação com isso. Por que não? perguntará você de novo, e olhe, eu respondo: pela simples razão de que ela morreu imediatamente depois — *imediatamente* depois, está ouvindo? ah, ah, ah, instantaneamente. É sempre assim. Naturalmente a gente não pega a mulher certa, mas se isto acontece de quando em quando, por pura obstinação, então ela morre logo. Há sempre algum truque na coisa. Então o homem fica reduzido a arranjar-se com outro amor, da melhor espécie disponível, e não há nenhuma razão para que morra com a mudança. Digo-lhe eu, a Natureza ordenou isso tão sabiamente que ele suporta a coisa notavelmente bem. Olhe para mim.

Johannes disse:

— Vejo que você está bem.

— A esse respeito, excelente. Olhe, sinta e ouça!

Não caiu sobre mim uma sucessão de desagradáveis aborrecimentos? Tenho roupas, sapatos, casa e lar, esposa e filhos — bem, o promissor de qualquer maneira. Que estava eu dizendo? — com referência à minha poesia, responderei imediatamente à pergunta. Oh, meu jovem colega, sou mais velho que você e talvez um pouco mais bem equipado pela Natureza. Conservo meus poemas numa gaveta. Deverão ser publicados depois de minha morte. Mas então não lhe resultará nenhum prazer deles, objetará você? Está novamente enganado, pois entrementes delicio meus familiares com eles. À noite, quando a lâmpada está acesa, abro a gaveta, tiro meus poemas e leio-os em voz alta para a minha mulher e o promissor. Ela tem quarenta, ele doze, ficam ambos encantados. Se for visitar-nos algum dia, encontrará sopa e chocolate. Agora, já o convidei. Deus o preserve da morte.

Estendeu a mão a Johannes. Súbito perguntou: — Tem notícias de Vitória?

— De Vitória? Não. Oh, sim, acabei de saber agora, há um momento...

— Não a viu decair, ficando com olheiras cada vez mais fundas?

— Não a vejo desde a última primavera, em casa. Ainda está doente?

O Preceptor respondeu numa voz comicamente dura, batendo o pé:

— Sim.

— Acabei de ouvir agora... Não, eu não tenho visto a sua decadência, não me encontrei com ela. Está muito doente?

— Muito. Provavelmente esteja morta, agora, você compreende.

Johannes lançou um olhar petrificado ao homem, e ficou diante de sua porta sem saber se deveria entrar ou permanecer onde estava; olhou de novo para o homem, para o seu comprido sobretudo, seu chapéu; e sorriu com uma expressão confusa e dolorida, como alguém em tristeza.

O velho Preceptor prosseguiu em tom ameaçador: — Outro exemplo; pode você escapar disso? *Ela* tampouco pegou o homem certo, seu namorado da infância, um esplêndido jovem Tenente. Ele foi caçar certa noite, um tiro atingiu-o na testa e despedaçou-lhe a cabeça; Lá jaz ele, vítima de uma pequena peça que Deus houve por bem pregar-lhe. Vitória, sua noiva, começou a decair, um verme a estava corroendo, furando-lhe o coração como uma peneira; nós, seus amigos, pudemos vê-lo. Então, há poucos dias, foi a uma festa, em casa de certas pessoas chamadas Seier; a propósito, ela me disse que você também iria, mas não foi. Seja como for, nessa festa ela abusou de suas energias, a lembrança de seu amado esmaga-a e ela se mostra animada por pura bazófia; dança, dança a noite inteira, dança como uma louca.

Então cai, o assoalho fica vermelho sob o seu corpo; levantam-na, levam-na para fora, conduzem-na à sua casa. Estava perto da morte.

O Preceptor aproximou-se de Johannes e disse em voz dura:

— Vitória está morta.

Johannes começou a sacudir vagamente os braços, como um cego.

— Morta? Quando morreu ela? Você diz que Vitória está morta?

— Ela está morta, redargüiu o Preceptor. — Morreu esta manhã, nesta própria manhã. Pôs a mão no bolso e tirou uma carta grossa. — E confiou-me esta carta, para entregar-lhe. Aqui está. Depois da minha morte, disse ela. Minha missão está cumprida.

E sem despedir-se, sem uma palavra mais, o Preceptor voltou-se e se pôs a caminhar lentamente rua abaixo, até desaparecer.

Johannes ficou com a carta na mão. Vitória estava morta. Pronunciou o nome dela em voz alta, várias vezes, e sua voz não tinha sentimento, era quase calosa. Olhou a carta e reconheceu a letra; letras grandes e pequenas, as linhas retas, e ela que as escrevera estava morta!

Então atravessou a porta, subiu a escada, pegou a chave certa, meteu-a na fechadura e abriu. Seu quarto estava frio e escuro. Sentou-se à janela e leu a carta de Vitória à luz dos últimos raios do dia.

"Querido Johannes", escrevera ela. "Quando você ler esta carta estarei morta. Tudo é tão estranho para mim agora, já não tenho vergonha de escrever-lhe novamente, como se nada houvesse acontecido para impedi-lo. Antes, quando eu ainda me encontrava entre os vivos, teria preferido sofrer noite e dia do que tornar a escrever-lhe; mas agora comecei a partir e não penso mais dessa maneira. Estranhos viram-me sangrar, o Doutor examinou-me e verificou que só me resta um pedaço de pulmão; que mais há para conservar-me à terra, agora?

"Estive pensando, enquanto me encontro deitada aqui, na cama, nas últimas palavras que lhe disse. Foi naquela noite, no bosque. Nunca pensei, então, que aquelas seriam minhas últimas palavras, senão ter-lhe-ia dito adeus, ao mesmo tempo, e lhe agradecido. Agora nunca mais tornarei a vê-lo, por isso lamento não atirar-me ao chão e beijar o seu sapato e a terra que você pisou, para mostrar-lhe quão indizivelmente o tenho amado. Fiquei deitada aqui ontem e hoje desejando sentir-me suficientemente bem para voltar à casa, caminhar no bosque e encontrar as suas pegadas e beijá-las. Mas não posso ir para casa agora, a menos que, acha Mamãe, eu fique um pouco melhor.

"Querido Johannes, é tão curioso pensar que tudo quanto pude fazer foi vir ao mundo, amá-lo e agora dizer adeus à vida. É realmente estranho ficar aqui esperando pelo dia e pela hora. Estou caminhando passo a passo para fora da vida e da gente na rua e do ruído do tráfego; nunca mais tornarei a ver a primavera e deixarei para trás essas casas e ruas e árvores no Parque. Hoje permitiram-me sentar na cama e olhar um pouco pela janela. Lá na esquina vi duas pessoas encontrarem-se, pararam, apertaram-se as mãos e riram do que diziam; mas pareceu-me estranho que eu que as estava olhando iria morrer. Isto me fez pensar — naturalmente aquelas duas pessoas não sabiam que eu estava aqui esperando pela minha hora; mas se soubessem teriam parado e falado exatamente como estão fazendo agora. A noite passada, quando estava escuro e pensei que a minha última hora havia chegado, meu coração começou a aquietar-se e pareceu-me ouvir o rugido distante da eternidade aproximando-se de mim. Mas no momento seguinte eu estava de volta de alguma parte, após longa caminhada, e comecei a respirar de novo. Foi uma sensação que não posso absolutamente descrever. Mamãe pensa que tenha sido apenas, talvez, o rio e a queda d'água, lá de casa, presentes em meu espírito.

"Oh, Deus, se você soubesse como o tenho amado, Johannes. Não fui capaz de demonstrá-lo a você, tantas coisas se atravessaram no meu caminho e acima de tudo meu próprio temperamento. Papai era duro consigo mesmo e eu sou sua filha. Mas agora que vou morrer e é demasiado tarde, escrevo-lhe uma vez mais para dizê-lo. Pergunto a mim mesma por que o faço, pois não fará nenhuma diferença para você, especialmente porque não viverei mais; mas quero tanto estar perto de você até o fim que talvez não me sinta mais solitária do que antes, de qualquer modo. Quando você ler esta carta é como se eu pudesse ver seus ombros, suas mãos, e observar cada movimento que você fizer ao segurar a carta e lê-la. Assim, não estamos tão longe um do outro, penso comigo mesma. Não posso mandar chamá-lo, não tenho esse direito. Mamãe teria mandado chamá-lo, há dois dias, mas eu preferi escrever. E eu preferiria que você se lembrasse de mim como fui outrora, antes de ficar doente. Lembro-me de você... (aqui são omitidas algumas palavras)... meus olhos e sobrancelhas; porém mesmo elas não são como eram. Esta é outra razão por que não mandei chamá-lo. E peço-lhe que também não me veja em meu caixão. Espero que seja quase a mesma de quando era viva, apenas um pouco mais pálida, e trago um vestido amarelo; contudo você lamentaria se viesse ver-me.

"Agora, estive escrevendo esta carta tantas vezes hoje e no entanto não pude dizer a milésima parte do que desejava dizer. É tão terrível para mim morrer, eu não quero, ainda espero tão fervorosamente em Deus que talvez fique um pouco melhor, pelo menos até a primavera, quando os dias são claros e há folhas nas árvores. Se ficar boa de novo, agora, nunca mais serei má para você, Johannes. Como tenho chorado e pensado nisso! Oh, eu sairia e acariciaria todas as pedras da rua, pararia e agradeceria a cada degrau da escada e seria boa para todos. Pouco importaria quão mal eu estivesse, se apenas pudesse viver. Nunca mais me queixaria de coisa alguma; não, sorriria para todos quantos me atacassem e me batessem e agradeceria e louvaria a Deus, se eu pudesse viver. Minha vida foi tão pouco aproveitada, não pude fazer nada para ninguém, e este fracasso de vida vai terminar agora. Se você soubesse como não desejo morrer, talvez você fizesse alguma coisa, tudo quanto estivesse em suas forças. Não suponho que você possa fazer alguma coisa; mas pensei que se você e todo o mundo orassem por mim e não me deixassem partir, então Deus me concederia a vida. Oh, quão agradecida eu seria, nunca mais faria mal a ninguém, mas sorriria a tudo quanto me coubesse, se apenas me fosse permitido viver.

— Mamãe está sentada aqui, chorando. Fica sentada aqui a noite toda e chora por mim. Isto me faz um pouco de bem, suaviza a amargura de minha partida. E hoje eu estava pensando... qual seria o seu gesto, imagino, se eu fosse diretamente a você, na rua, num dia em que estivesse elegantemente vestida, e não lhe dissesse nada para magoá-lo, como fiz, mas lhe desse uma rosa que eu tivesse comprado para esse fim? Então no momento seguinte lembrei-me de que nunca mais poderei fazer o que desejo; pois nunca mais ficarei boa, antes de morrer. Choro tão freqüentemente, fico deitada imóvel e choro incessante e inconsolavelmente; não me dói o peito quando não soluço. Johannes, querido, querido amigo, meu único amado na terra, venha a mim agora e fique um pouco aqui, quando começa a escurecer. Não chorarei, mas sorrirei quanto puder, de pura alegria pela sua chegada.

"Ah, onde estão meu orgulho e minha coragem! Não sou a filha de meu pai, agora; mas isto é porque as forças me abandonaram. Sofri durante muito tempo, Johannes, muito antes destes últimos dias. Quando você estava no estrangeiro eu sofria, e depois, desde que vim à cidade na primavera, não fiz mais que sofrer todos os dias. Eu nunca soube antes quão infinitamente longa a noite podia ser. Vi-o duas vezes na rua, durante esse tempo; uma vez você estava cantarolando ao passar por mim, mas não me viu. Tive esperança de vê-lo em casa dos Seiers; mas você não foi. Eu não deveria falar a você nem aproximar-me muito, mas teria ficado grata em poder olhar para você longamente. Mas você não foi. Então pensei que era por minha causa que você se mantinha afastado. Às onze horas comecei a dançar porque não podia suportar a espera por mais tempo. Ah, Johannes, amei-o, amei-o durante toda a minha vida. É Vitória quem escreve isto e Deus está lendo por cima do meu ombro.

"E agora devo dizer-lhe adeus, é quase noite e não enxergo mais. Adeus, Johannes, obrigado por todos os dias. Quando eu partir da terra ainda lhe serei grata até o fim e direi o seu nome durante todo o caminho. Adeus, seja feliz por toda a vida e perdoe-me o mal que lhe fiz e o não poder atirar-me aos seus pés e suplicar-lhe perdão. Faço-o agora em meu coração. Adeus, Johannes, adeus para sempre. E obrigada uma vez mais por todos os dias e todas as horas. Não posso mais.

Sua

Vitória.

"Agora acendi a lâmpada e está muito mais claro. Estive em transe e novamente estive longe. Graças a Deus, não foi tão misterioso quanto antes, ouvi mesmo uma pequena música e, sobretudo, não era tão escuro. Sou tão agradecida. Mas agora não tenho mais forças para escrever. Adeus, meu amado..."

A presente edição de VITÓRIA de Knut Hamsun é o Volume de número 13 da Coleção Excelsior. Capa Cláudio Martins. Impresso na Líthera Maciel Editora e Gráfica Ltda., à rua Simão Antônio 1.070 - Contagem, para a Editora Itatiaia, à Rua São Geraldo, 67 - Belo Horizonte - MG. No catálogo geral leva o número 01030/0B. ISBN. 85-319-0714-4.